徳間文庫

地先

乙川優三郎

徳間書店

目次

海の縁　5
まるで砂糖菓子　29
ジョジョは二十九歳　55
言葉さえ知っていたら　77
そうね　101
おりこうなお馬鹿さん　125
すてきな要素　145
地先　173
解説　男と女と、作家の渚　温水ゆかり　213

海の縁

長い待ち時間を挟んだ精密検査のあとで柚木《ゆぎ》は疲れていたが、車で海岸通りを走ってきたついでに月の沙漠へまわってみた。駅前の国道からは見えない、風紋の美しい白浜がすぐそこにあって、そぞろ歩きするのにちょうどよいし、色変わりする海を眺めてみるのも気散じだろうと思った。まだ陽射しのしたたかな夏の午後であった。

観光客用の駐車場に車をとめて歩いてゆくと、大きな鯉のいる川があって、橋の向こうがもう砂浜であった。酷暑というほどでもないが、沙漠の船に乗った王子と姫の像が熱砂の上に揺らめいている。弓なりの浜には夏場だけの海の家が建ち、鮮やかなパラソルの花のまわりに水着の若い人が出ている。群れたがる学生の男たちがいれば飛び散る娘たちもいて、恋人らしい人影が寄り添う。遠目にも素肌の眩《まぶ》しい若さで、少し前まで病院にいた柚木は瑞々《みずみず》しい命に圧倒される気がした。

海辺の街に暮らしながら久しく間近に海を見ていなかった彼は、腰を下ろせる砂浜の背の方へ歩いていった。歩きながら、越してきて何年になるのかと数えてみると、五年目であった。その間、しみじみ海を眺めたことが幾度あったろうかと思い、片手の指で足りてしまうと知ると呆れるしかなかった。出無精になったこともあるが、ものを書いて暮らしているので、うっかりすると家から出ない季節もあるのだった。むろんそれで佳《よ》いものが書けるというものでもなかった。

雑音の多い都会のマンションの暮らしに疲れて晩年を送る土地を探していたとき、妻が見つけてきたのが房総半島の海辺の小さな街であった。柚木は一度だけ見にきて、

「あ、ここでいい」

とあっさり決めてしまった。運がよくてもあと十数年の人生と踏んでいたから、好きなように暮らして終わりたかった。酒と本と静けさと、気軽に煙草の吸える自由があればそこそこ幸せな人間になっていた。

もともと海が好きで、若いころには太平洋の小島で働いたこともある彼は生活に関わる不便をさして苦にしなかった。物の溢れる都会にいたところで足が向くのは書店と酒場くらいであったし、排気ガスや粉塵のないところで美味い煙草を吸いたいと思った。長く不安定な生き方をしてきて、地面と屋根のある暮らしが恋しくなっていたこともある。

家の庭から海は見えないものの、潮風に安らぎ、星空に見蕩《みと》れ、台風がくると祈るのは太平洋の小島と同じであった。違うのは自分にもまわりにも若さのないことで、

海があっても入れないし、甲羅干しに耐えられる肌も持たない。海に遊べる若さと炎天下で芝刈りをする気力は別物で、冒険をするなら創作でと考えるところに落ち着いてしまった。

　柚木が四十代で文筆の道へ折れたころ、出版界は生き生きとして輝いて見えたが、新天地での彼はろくに文章の書き方も知らない青二才であった。それまでの経歴は意味をなくし、職業的な知識は価値を失い、見込める収入もなくした。それでも書いてみようと決めたのは年齢のせいかもしれない。子供のころから腎臓病、肺結核、心臓の疾患と内臓を痛めてきた体で人並みに長く生きられるとは思えなかったから、やれるときにやってみるという半病人の冒険心が後押しした。むろん逆算的な冒険心で、純粋な勇気とは言えない。

「あいつが」

　と柚木を知る人は目を丸くした。侮蔑の眼差しもあったろう。嫌な便りがたくさんきたし、君の書くものに興味はない、とわざわざ知らせてくれる人もいた。それから二十年近い歳月が流れて、なんとか書き続けているのもなりゆきなら、炎天下の月の沙漠で物思うのも人生のなりゆきであった。

　草の生えた砂丘の背に腰を下ろすと、彼はサングラスについた汗を拭った。風が生熱いが快く、海原がよく見渡せる。ターコイズブルーの海は雲が通ると青黒くなり、夕暮れには冷たい表情を見せて、薄暮から黒く光りはじめる。アカプルコに似ていると誰かが言ったが、柚木の目にはやはり暖かいアジアの海に映る。波の高い日は白い波頭《はとう》も美しい。

彼は渚に遊ぶ小さな人影を眺めた。海を愉しむために都会から来た人たちであろう。夏の間、街の景色を変える彼らはそのことに気づかないまま遊び疲れて去ってゆく。輝く海だけが記憶に残り、眩しい思い出になる。土地の人は彼らが去ったあとの海に自身の運命や生きることの厳しさを見るのであった。今では柚木もそちら側の人間であったが、子供のころから引っ越しを繰り返し、山にも都会にも住み、外国にも暮らした人生の旅の終わりにこの小さな海辺に流れ着いたことが不思議でならない。自分の前にもそういう人たちがいて、同じ海を眺めながら、たぶん同じようなことを考えたであろうことにも奇妙な縁を感じる。

御宿《おんじゅく》海岸の砂丘が月の沙漠と呼ばれるようになったのは昭和四十年代のことらしい。画家で詩人の加藤まさをが童謡「月の沙漠」を生むとき、御宿の砂丘を思い浮かべたことに由来する。つまり加藤もかつてこの砂浜を歩き、この海を眺めたのであった。

有名な詩は大正十二年の発表で、そのころ都会からこの地を訪れるのは釣人か海水浴客か転地療養の病人に限られていた。加藤もそのひとりで、彼が初めてスケッチ箱を担いでやってきたのは大正七年前後の初夏のことである。都会育ちの青年は初感染の結核を患っていた。立教大学の学生であったが、療養を余儀なくされた彼は夏休みの転地先に御宿を選び、浜見屋という旅館に滞在した。快復の見込みがあったのかどうか、もしかしたら悪化して終わることになるかもしれない療養生活の慰めは海辺の散策であったろう。

当時の砂浜は砂丘と呼ぶにふさわしい盛り上がりで、広く幾重にも起伏し、草地には牛がいたという。浜昼顔の咲く砂山があり、夕暮れから待宵草《まつよいぐさ》の開く高台があり、渚には桜貝が花弁のように散っていた。冬は干鰯《ほしか》で埋まる浜辺は貧しい漁村でもあった。道路と呼べるものはなく、川には手摺りもない板橋が架かり、人々の家は草葺きであった。

夏のことで明るい海と空が厳しい生活を隠していたが、父母と暮らす東京の家からきた病人の目には痩せても力強い人たちが見えていたかもしれない。強い肉体は彼の探し物であったし、すぐそこにある美しい海に遊べない体こそ幻に等しかった。幻想が得意な青年の脳裡に騒ぐものが生まれるのに長い時間はかからなかったろう。

大学で英文学を学ぶ一方で、好きな絵や詩を続けていた加藤は生きることとの目的として御宿でも創作を続ける。目の前に絵にも詩にもなる海があるのに寝てはいられない。澄んだ空気と栄養をとり、静養することが結核との闘いであったが、何もしないとこそ死への近道であった。

浜へ出ると潮風を吸い込み、結核菌を駆逐しながら彼は精神も洗った。目に入る美しいものから夢をもらい、想像を膨らませる。旅館へ戻ると数行の詩を書き、体調のよい日はスケッチもした。

宿の人たちは優しく、食事もおいしい。だが言葉も習慣も考えることも違って、都会の青年は孤独であった。東京から訪ねてくれる人はなく、手紙もこない。それなりに出かけてゆく浜辺には都会からの避暑客が遊んでいた。思い切り遊んで去ってゆく人たちにも彼は近づけなかった。

「立教大学の加藤です」

そう叫んでみたところで誰が振り向くだろう。かわりに彼は画具を担いで渚から離れた砂山や漁師の家を巡り歩いた。描くのは忘れられた草花や、人影のない岬や、空腹でしょんぼりしている漁師の娘などであった。

やがて気に入った対象を見つけると、彼は砂山にイーゼルを立てて本格的に描きはじめた。いつも同じ時間に同じ場所にいて、物憂げに遠い沖を眺めている少女であった。白い浴衣を着て、髪は後ろに垂らしていたり、無造作に巻きつけていたりする。

彼は娘が少しも笑わずにいるのを美しいと思った。姿態に都会の匂いがするので、やはり転地療養の人だろうかと想像した。もし自分と同じ病なら、あの歳でどんなことを考えるのだろうかとも思った。

写生は彼女が現れなくなるまで続き、そのころには見なくても彼女らしく描けるようになっていた。すると不思議なことに、ひとりでも生きてゆける自信のようなものが生まれた。テレビなどない時代のことで、人々はよく話し、よく物を眺め、よく考えることに馴れていたが、加藤は描くことでも考えた。現実が先細りに感じられるほど潤いのある世界に惹かれたのだろう。そして書く方ではさらに放恣《ほうし》な視点を持っていた。

彼にとって御宿の生活は穏やかすぎて、不安で、自分以外の命の輝きを見ては羨み、同時に洗われるという繰り返しであったかもしれない。ある日、人の去った渚で、白い、本当に小さな蟹を追いかけていたとき、いつのまにかバケツを提げた少年が傍らに立っているのに気づいた。よく陽に焼けた十歳ほどのいかにも腕白そうな子供だったので、加藤はなにか親しい気持ちになりながら、挨拶代わりに訊《き》いてみた。

「この蟹、なんていうの」

「砂蟹っていうだよう、揚げて食うとよ、すげえ美味《うめ》えだよう」

少年は無邪気な大声で答えた。見るとバケツに十数匹の蟹が捕れていた。

「それで何人分くらい」

「ひとり分にもならねえ」

「そんなに簡単じゃねえよう」

少年が言い、そうかい、と加藤は笑いながらはじめた。しかし蟹は素早く、すぐ穴に隠れてしまう。少年が穴を見定めて、掘りながら捕っているのを見ると、加藤も倣った。

三十分も付き合ったであろうか、蟹は増えたが、そのほとんどは少年が捕ったものであった。夕暮れの迫る時間で、どちらからともなく別れを告げると、

「アンチャ浜見屋の絵描きだっぺ、あとで揚げた蟹持ってってやるからよう」

と少年が言った。

「君の家は近いの」

「すぐだよ」

「じゃあ待っていよう、でも夜になるようなら明日でいいから、家の人が心配するから」

「平気だよう、流星《ホシグソ》みてえに飛んでくべ、ついでに海も見るべや、月の夜は海と浜の波がつながるだよ、そこを沖の漁《いさ》り火《び》が歩いてゆくだよ」

「ほう」

加藤は少年の言葉に幻を見ながら、足下の砂にも夢のあるのを知った。何千年もか

けて生まれる砂の造形に、たかだか二十年ばかり生きた病人の足跡がつくことが奇跡じみていた。そのころ大学で読んだ英訳の「アンデルセン童話集」や「アラビアン・ナイト」の挿絵に夢中になっていた彼は、いつか夜の砂丘を絵にしてみようと思った。病弱なこともあって卒業後は絵を描いて生活したいと考えていたし、空想癖からも生まれる絵は挿絵に向いていた。体はよくも悪くもならず、悲観と楽観の谷間をさまよう日々が続いた。

長いひと月を過ごして東京へ帰ると、やはり空気が重く感じられて、生活は愉しいものの、御宿の海や風が無性に恋しくなることがあった。体が息のしやすい空気を覚えてしまったのだろう。学生生活は英語を学ぶよりも絵を描き、詩を書き、小説を書くことに費やされた。自由な想像で少女の絵を描くと、背景は御宿の砂丘や岬になっていった。するうち出版社を経営する大学の先輩から「アンデルセン童話絵はがき」を作りたいので描いてほしいという依頼がきた。仕事である。まだ運があるのを感じた彼は集中した。

結果は大好評で、売れに売れ、出版社から次々と仕事の依頼が舞い込んだのは大正八年のことである。加藤は弱冠二十二歳の学生であったが、全国の少女ファンに支えられて積極的な創作活動へ入った。この道で食べてゆくと決めると、半病人の冒険心は並みではなかった。

夏が来る度に彼は御宿へ出かけた。体のためもあったが、美しい海や砂浜を見ることが精神の張りにつながるからであった。そのうち「少女倶楽部」から、なんでもいいからと依頼されて「月の沙漠」が生まれることになる。むろん本物の沙漠を見たことはなく、ないものに憧れて空想し、詠《うた》った。イメージは小さな漁村の大きな砂丘で拾っていた。

加藤の転地と前後して、アジサイの咲くころ、東京の生活に窮して逃げるように御宿へやってきたのが作家の尾崎士郎であった。それまで上野公園内の森に囲まれた寺の一室に共棲していた作家志望の工藤信《くどうしん》と村上啓夫《むらかみひろお》が逃亡仲間であった。彼らの収入は工藤と村上がたまにする翻訳の原稿料のみで、銀行員の初任給が五十円という時代に一枚三十銭という安さであったから、人並みの生活などできるわけがなかった。それは御宿でも同じことだが、とにかく部屋を貸してくれるというだけで彼らは転住した。

太平洋に臨む小さな村には裸同然の姿で働く漁師たちがいて、海女がいた。それこそ厳しい生の見本のような暮らしぶりである。しかし妙音寺《みょうおんじ》という古刹《こさつ》の本堂裏の部屋に寓居し、彼らのすることといえば上野時代と同じという体《てい》たらくであった。幸い和尚が親切な人で部屋代を溜められたので露命をつなぐことができたが、よい小説を書こうという志がなければただの生活破綻者であり、厚かましい居候でしかなかった。尾崎は徒食しながら小説の構想を練るのが日課であったが、よく海や人を観察し、御宿の風土を愛した。兄の自殺、一家の没落、自身の肋膜炎と続いた不幸のあと、作家の宇野千代と同棲する前のことで、創作の上でも行きづまっていた男を待っていたのは月の夜になると青白く輝く砂丘と美しい海であった。

　彼らにとって最も意外だったのは、そこへ前田河広一郎《まえだこうひろいちろう》が雑誌「中外《ちゅうがい》」の編集長の職をなげうってやってきたことである。作家として執筆に専念するためで、妻の実家が御宿の駅前で運送屋をしているのをよいことに流れてきた。この飲んだくれの老文学青年の唯一の作品である「三等船客」を軽視していた尾崎たちにとってはありがたくもない出来事で、目と鼻の先に生活破綻者がひとり増えるだけのことであった。雑誌に発表したあともやたら書き直される「三等船客」を工藤も村上も酷評したし、その才能を認めようとしなかった。ところが、その三等が絶賛される日がくる。

　夏の間、女学生の集団に占領された寺から廃寺へ追いやられた尾崎たち三人は、秋がきて浜辺もひっそりするころには再び逃亡を考えなければならない困窮に陥っていたが、前田河はどうにか完成させた「三等船客」を神田の小出版社から刊行していた。それを批評家の千葉亀雄が読売新聞の文芸欄で大々的に取り上げて、褒《ほ》め称えたのである。その日から御宿の悲壮な飲助《のみすけ》はプロレタリア文学の先駆者となり、尾崎らは批判する言葉をなくしていった。生活のためにも書かなければならないという悲壮な覚悟が、生活を捨てた思索の日々を蹴飛ばしたとも言える。

「どうやら俺たちも背水の陣を敷いて書くしかないらしい」

「その前に落城だ、食うものがない」

「プロレタリアに借りられないか」

厳しい冬を前に彼らは解散し、諸々の借金を踏み倒して御宿からも逃亡した。およそ半年間の滞在であったから、暗く荒れる海も見たであろう。潤沢な生活への誘惑もあれば自殺を考えた一日もあったかもしれない。だが尾崎の中では冒険心が勝《まさ》った。後年、彼は作中で御宿海岸と思しき砂浜や海や寺の生活をリアルに描写する。大正の逃亡者であった男の脳裡に消しがたい凝《しこ》りとなって生まれかけていたのは「人生劇場」であった。

作家の逃亡が生活苦からの逃避なら、白い目の世間から逃れる人もいて、社会運動家の平塚らいてうや伊藤野枝、大杉栄らが御宿の旅館に隠れ住んだのも大正デモクラシーの最中《さなか》のことである。どうしてか御宿は東京の知識人や芸術家に愛され、重い悩みを抱えてふらりとやってくる人が続いたが、迎える土地の人々は自然体でおおらかであった。そんな素朴な漁村の魅力が口伝てに広まり、人が人を呼び、作家が作家を呼んだとみえる。

宇野千代と親しかった作家の三宅やす子が御宿に別荘を構えたのも大正期のことで、

すでに夫は亡くなっていたので、娘の艶子と二人で夏と冬を過ごした。大正八年に初めて訪れてから昭和七年に亡くなるまで、御宿が一年の生活の一部であった。別荘と母の仕事を継いだ艶子も御宿を愛し続けて、戦争中は疎開し、戦後も忘れずにやってくる。新しい波と苦しい暗礁の時代であったから、好きな海を思う存分眺められるだけでよかったのかもしれない。

大正からやや時代が下り、谷内六郎が喘息《ぜんそく》の療養のために御宿へやってきたのは、尾崎が「人生劇場」の続編と歴史小説に挑んでいた昭和十三年のことである。満十六歳の少年は東京の世田谷に暮らしながら、小学生のときに発病した宿病のために進学を断念し、町工場や看板屋の見習い仕事を転々とする日々を送っていた。耐えがたい発作の苦しみと治療薬の副作用とで精神まで痛めてゆく彼に転地を勧めたのは母と兄たちであった。父親はすでに亡く、一家は生活に追われていたので谷内は自身を家中の厄介者と思いつめていた。

母方の遠縁に当たる船大工の家は漁港に近い水産加工場の裏にあった。駅からそれほど遠くないが、潮騒の轟く別世界である。谷内の頼りはポケットの十五円で、東京の家賃なら一ヶ月分、帝国ホテルの宿泊料なら一泊分という重さであった。世話になる家に食費を入れると、一円近くする十二色の絵の具は買えない。漫画家になることを夢見て、好きな絵を描くことで立っていたから、彼は療養中も描くつもりできたのだったが、そこは家というより小屋であった。

「よくひとりで来たなあ」

「おまえは今からここのものじゃ」

「どうだ、いい空気だろう、海の空気はおまえの病気なんか一遍ですっ飛ばすぞ」

思いのほか明るい親切な人たちに迎えられて、彼は三畳間に暮らした。窓の外は小さな畑で、その向こうは砂丘につづく土手であった。潮騒が茵《しとね》の友になり、喘鳴《ぜんめい》の弱音器《ミュート》にもなった。

彼が真っ先にしたのは画用紙を買うことであった。海辺の本当に小さな街の道沿いに文具と本を売る店があった。二十年前、加藤に蟹捕りを教えた少年の店である。谷内はそこで画用紙と墨汁と鉛筆とペンを買い、加藤の知人に代金を払った。病と絵と海がつなぐ縁など知りようもないことで、店主も谷内も加藤を語ることはなかったであろう。買物を終えると、谷内は絵描きになれるような気持ちになって加藤がよく写生のために歩いた道を帰っていった。

御宿の浜での療養生活は思っていたよりも明るく、やわらかな潮風がやはりよかったとみえて、小康を得た彼は美しい海や少女をよく描いた。漁港や汽車を描くのも好きであった。その絵を船大工の一家が歓声を上げて褒《ほ》めてくれる。彼は人々の優しさに安らい、大自然の色彩に魅せられていった。

朝焼けの美しい浜での地曳き網、素朴な生活、絶え間ない潮鳴り、土手下の網元の一人娘との出会い、そのどれもが絵になった。十三歳の網元の娘は美しく、絵をあげると可憐な花のように笑い、彼の後についてくるようになった。そのうち網元が挨拶にきて、

「若先生、いつもありがとうございます」

と大きな鯛《たい》をくれたのには驚いた。谷内は美しい娘と歩くのが本当は気恥ずかしく、嫌になることもあったが、彼女といると甘いような哀しいような気持ちになるのが不思議でもあった。そういう情景を上手に描いてみたいと思いつづけた。

鉄道の土手を横切るトンネルを抜けて小高い丘を登ると、寺があって、御宿の街と海が一望できる。彼は丘の上の階段からよく海を眺めた。鮮やかな夕映えや、一番星の透明な青さや、新緑が光の水玉を置くのを美しいと思い、何色だろうかと真剣に考えた。子供のころから絵を描くことが生きる希望であったから、小さな心を刺激し、愉しませてくれるものならどんなにありふれたものでも惹かれた。御宿には彼の心を捉《とら》えるものが至る所にあって、その新鮮な感触は空想を膨らますのに十分であった。

純真さと病の産物ともいえる彼の絵は写生の下地を突き抜けて空想の域で生まれる。記憶を昇華した情景の幻想的で優しいこと、叙情的なところはどこか加藤の姿勢にも通じる。東京からきた痩せた病人が同じ海を見ながら、人生の希望としての絵を描く。

谷内はまだそのことに気づいていなかったろう。自分という人間の値打ちを自分自身に教えるために、とにかく描いて、描いて、砂浜にまで描くうち、胸の喘鳴はやんでいた。

東京へ帰ればまた悪化することも考えられたが、初めて爽快な気分を知った彼は素足で渚を歩いた。胸に潮風を溜めながら、もっと体力をつけようと前向きになった。

「家の厄介者で終わるものか」

皮肉なことに、そう思えるようになったときには船大工の家族のひとりになっている自分を感じた。東京へ帰ることは仕事をすることであったから、突発的な発作を切り抜けながら絵を描いて食べてゆけたらと願った。

夏の日、彼は東京へ帰った。だがその年から御宿での転地療養は戦中まで続き、戦後は入退院を繰り返すことになってしまう。薬の副作用で心身症にもなりながら、なんとか踏ん張り続ける。そんな病身の瞼《まぶた》には幻想的な海が見えていたに違いない。

彼の強さは子供のように希望を持ち続けられることで、生死の境をさまよいながらあきらめない。闘病中も描き続ける。しかし、いくら希望があるといっても喘息の苦しみが人生のすべてのときであったから、やがて創刊される週刊新潮の表紙を長く飾る日々がくるとは夢にも思わなかったろう。昭和三十一年二月、三十四歳のときにその日がくる。大役と宿病の不安の中で、編集部の激励を受けた彼は気を変えて希望をとる。それから五十九歳で亡くなるまでの二十五年間の画業は高い評価を受けて、人々に愛される絵を描き続けた。家の厄介者で終わるどころか、肉親にも希望を与えたのである。飛躍のきっかけとなった週刊新潮創刊号の表紙絵はやはり御宿の情景であった。

谷内より早く活躍し、肺病を克服した加藤も、作家として蘇生した尾崎も御宿の海を忘れることはなかった。この海岸での生活を尾崎は将来の作家生活に新しい方向を定める重大な機縁となったと述懐し、加藤は長い空白を経て帰ってくる。だが同じように御宿を愛しながら、互いを知らず、浜辺で語らうことはなかった。やがて尾崎と三宅艶子が同業者として出会い、大正の御宿を語り合うのは昭和三十四年のことである。尾崎が貧苦のどん底にあったころ、夕暮れの渚で波と戯れていた少女は「男性飼育法」や「結婚なんて」を書く人になり、六十一歳になった男は二十七年目の「人生劇場」を書き続けていた。愛欲篇の中で舟瀬海岸として書かれているのが御宿である、と公表したのもその年のことであった。

ある土地を介して生まれる人と人の縁は当人たちも知らないうちに終わることがよくある。加藤と尾崎と三宅母子は同じ日の砂丘を歩いたかもしれず、谷内と艶子もどこかですれ違っていたかもしれない。男たちは土壇場に行きつき、女たちは縋《すが》るものをなくして文筆にかけていた。誰もが必要としたのが健康な肉体と想像力であったろう。

そのことを思うとき、柚木もまたそこにいる自分の焦燥を知るのであった。美しい海を掠めてくる風が痛んだ彼らを癒やし、別世界を思わせる砂丘が想像力を鍛えたに違いない。彼らの人生を知るほど、そんな気がしてならなかった。

この百年の間に砂丘は減少し、ホテルやマンションが建ち、ヤシの木の聳《そび》える街になった海辺に大正の面影はない。ひっそりと生き継ぐ旧家のほかに草葺き屋根の家はどこを探してもないし、海女もいない。方言もあまり聞かれなくなって、移住した柚木でさえたまに出会うとほっとする。

しかし昔を知らない彼には小さくなったという砂丘も大きく見えて、白い風紋も海もまだまだ美しい。都会の海とは色が違うし、やはり空気が違って居心地がよい。とりわけ夏の眩しい眺めはそれだけで力になる。結核菌まで焼いてくれそうな陽射しを白い砂が照り返し、明るい海にはサーファーが漂う。吸い込まれそうに青い空から希望の粒子が降りてくる気がする。

遊び疲れる時間なのか、そろそろと引いてゆく砂浜の人影を見ながら、

「また冒険するときがきたらしい」

柚木は思い、やってみるさと独語した。体も精神もそういう時期にきていた。

書くことは常に冒険であったが、満足のゆく作品は生まれていなかった。駄文と向き合い、書き直し、落胆する日常であった。生活のために拙《まず》い原稿を出版社へ送ることほど情けないこともない。次は妥協しないと思いつめていながら、佳いものの書けない苛立ちが続いて、来る日も来る日も同じ一行を見つめることがある。だが、それは根気と気力の作業であって冒険とは言えない。酷評や冷笑を覚悟して新生に挑むのが作家の冒険であるから、それまでの作品世界とはいったん縁を切らなければならない。

七十年前に加藤もそれをやった。敗戦を境に社会が変わり、物の考え方も女性も変わって叙情画が廃《すた》れると、彼は絵本作家に転身した。もともと欧米文化を享受し、描くことと書くことが人生の人であったから、苦しいとも思わなかったかもしれない。戦争を生き延びた痩せた体にも冒険心は宿り続けて、五十代を新しく生きたのである。晩年は御宿へ移り住み、かつて砂蟹を教えてくれた少年と交遊しながら、浜見屋の跡地に建つ病院で最期を迎える。都会人の加藤にとって御宿は最も懐かしい日本であり、帰るべきところだったのかもしれない。

柚木はそんなことも知らずに移り住んで加藤や尾崎ほどの気骨もなく小説を書いていることが恥ずかしい気がした。それでいて親しい人を感じるのは、彼自身もどうにか生活苦や病を乗り越えて書いているからだろう。

自分の生きている時代の本質を書かなければならないと思うとき、柚木はこの街を作品の舞台として意識するようになっていた。都会にはない人間の物語が落ちているし、都会だけに時代の縮図があるとも思えないからであった。美しい海のお蔭で生き継ぐ街には歓喜もあれば悲哀もある。海とともに吹き荒《すさ》ぶ嵐があり、重たい沈黙があり、馬鹿馬鹿しい笑いがある。一年中餅を食べる人がいて、一年中榊《さかき》を売る店があり、一年中瑣《さ》事《じ》に明け暮れる移住者がいる。夏の海が都会の若者を呼び、終わるとすうっと引く街に柚木も暮らしながら、彼なりに時代を見てきたつもりであった。作家として書くべきことがあるのは幸せなことで、書くための文才が乏しいことは不幸であった。だから冒険し、克服しなければならない。あまり時間のないことを知らせてくれる体の変調はよいきっかけで、

「養生すれば」

と言った若い医師の言葉は信じていなかった。加藤と同じ病を経験し、尾崎と同じ仕事をしながら、彼らの歩いた砂丘にいることがすでに運命であった。そう思えるところまで生きて、しかもまだ冒険心のあることが愉快でもあった。

不意に渚を歩いてみようと思い立って、柚木は歩いていった。夏の夕暮れははじまったばかりで、あと二時間は明るい。熱くなった肌を海水で冷やしてみてもよかった。

海にはまだ人がいて、健康な若さを波に遊ばせている。白い波とサーファーが見えていた。

汀《みぎわ》までゆくと案外な高波であったが、心の清々とする眺めであった。沖へゆくほど海の青さが鮮烈で、なにか永遠のものに触れているような気になる。潮風も優しい。彼は波際の乾いた砂地に立って、波乗りに夢中な人たちをしみじみ眺めた。転地療養中の加藤や谷内と同じ年頃と思われる若さが目の前で弾んでいる。あまりに開放的な肉体の躍動に目を奪われながら、どうしてか加藤の描いた砂丘の少女を思い合わせた。彼女が悄然《しょうぜん》として人生の闇を見つめたように、いつの時代にも不幸な青春はあるものだが、そこに見えているのは静思とは無縁の若さであった。往時の海と人に心を遊ばせていた柚木には、心の構造からして違うように思えてならない。

「あの美しい海のせいであろうか、私は日本の中でも、よその国を旅行していても、いつも御宿の方がいいと思ってしまう」

そんなふうに讃《たた》えたのは三宅艶子であったか、長い歳月が流れた今も人を引き寄せてやまない海だが、若い人影に憂いや郷愁は見当たらない。かわりに付けっ放しのテレビのように喋り、連《つる》み、同じ行動を愉しむ。活発なのはいいとしても画一的な青春から生まれる人生劇場はおもしろくもなく、逆境を見つめる目があるとも思えない。しかしそれも平成という時代の断片であり、煎じつめれば歳月の仕業ということになろうか。

長い黒髪を濡らした女性がひとり海から上がってきた。体より大きなサーフボードを軽々と抱えて歩いてくる。柚木を見ると、心なしか鼻を高くしながら、

「そこにいると危ないですよう」

と明るく言った。

布切れと言った方がよさそうな水着をつけて、滑らかな肌を光らせ、堂々と砂を蹴って歩いてゆく。すらりと伸びた足のどこにそんな力があるのか、肺病で痩せた青年が見たなら息のとまりそうな眩しさであった。

まるで砂糖菓子

夏の高原は陽射しの風に揉まれたあとの夜が美しい。都会では望めない冷えた清気が星を近くに見せてくれる。奈緒子はわざわざ庭へ出て眺めることがあった。

ひとりの夕食を終えてからアルバイトの翻訳にかかるまでの寸暇のことだが、週末が近づくとこの時間によく電話が鳴った。東京の布施洋三《ふせようぞう》からである。

「土曜日にそっちへ行ってもいいだろうか」

と訊くことも決まっていて、声のようすで彼の一週間が分かる。布施もさりげなくこちらを窺う。奈緒子の都合が悪いか、体がその気にならないときは次の週に繰り越すのであった。逆に彼の方の都合でしばらく会えないこともある。それでいて、もうやめようということにはならなかった。会社員時代の同僚で恋仲のまま離れることになった男とは、その後もなんとかつながり続けて、息苦しい別れ話をしたことはない。そろそろ五十という年齢のせいか互いに結論を急ぐでもなく、なりゆきに任せている。そんな男と女が増えたせいで子供が足りないことになるのかもしれない。

「大人が子供だから仕方がない、その意味では子供は増えている」

と布施は茶化した。彼のまわりにも独身のまま定年を迎える人が多くなって、結婚しない男が増えれば未婚の女性も増えるという理屈であった。奈緒子もずるずると歳を重ねた口だが、ひとりでいるのは男のせいとは思わないし、今の生活が気に入っている。

　東京から長野は昔ほど遠くない。布施は列車に揺られてくるときもあれば車のときもある。冬は雪の積もる土地なので、奈緒子は列車をすすめる。彼女も運転するが、雪道ほどひとりが怖いこともないからであった。

「雪が消えるまで冬眠しましょう」

樹林の美しい小村へ越してきた年、彼女はそう言った。戸外は氷点下で、油断すると水道管の凍る土地であった。それでも布施はやってきたが、帰るときまで一歩も外へ出なかった。寄り付きの雪掻きをして待っていた奈緒子は筋肉を痛めてしまい、肌を合わせる気にもなれなかったから、布施は酒と読書で過ごした。東京を離れること自体が彼の休らいであり、二人でぼんやり過ごすことができるのも半分は疲労のせいであった。

　奈緒子が衝動的に買っていた山林の地質調査を依頼して、計画的に家を建てはじめたのは退職して間もないころである。まだ勤めていたとき、気晴らしにふらりとやってきた高原の空気に癒やされ、人間らしい生活を夢見た。瀕死の会社の自虐的な経営改革の煽《あお》りと過労とで疲れ果てていた女の目に、緑に包まれる暮らしは美しい別世界であった。都会からの移住者も多く、結構暮らしていると知ると、彼女の心は動いた。定年まで無事に勤められるかどうか怪しい会社になっていたし、早期退職を申し出れば退職金が割り増しになる。年金をもらえる歳になるまで食べてゆければなんとかなるだろうと考えた。

布施に相談すると、君は度胸があるねと言われた。男性社員の三割方は関連会社へ出向という苦況の中で彼は生き延びていたが、転職や退職を考えられる歳ではなかった。

勤め先は業界では大手に入る海外旅行専門の旅行社であったが、やはり瀕死の航空会社から新社長を迎えると、社内の空気は一変してそれまでのように和気《わき》藹々《あいあい》と働くことはできなくなった。とにかく利益を上げろ、経費を減らせの大号令のもと、鬼の目の重圧と超過勤務に追われた。人員が減り、本社に残った人たちには能力を超える量の仕事があてがわれ、奈緒子は休日も働いたが、数年で神経を痛めた。同僚は愚痴を言い合う相手になるか、うまく経営陣へまわって鬼軍曹に化けるのであった。

「やってられないよ」

そう誰もが思っていながら、退職する勇気もゆとりもなく、本当に辞めてゆく人をみると羨んだ。突然地方の旅行代理店へ飛ばされる人も、本社に残る人も辛いことは同じであった。そんな中でも打たれ強い布施はなんとか平常心を保っていたが、奈緒子は精神不安定になって限界を感じてしまった。このままでは鬱《うつ》になると思うと、たまたま見つけた山林の分譲地は希望であった。

「高原の暮らしとは夢のようだね」

地球上のありとあらゆる美しい旅を売っていながら、布施はそう言った。

「しかし生活はどうする」

「穏やかな心を取り戻すのが先決だわ、生活はそれから考えます、無職でも十年はなんとかなると思うから」

「残ってがんばれと言いたいところだが、今の君には残酷だな」

「実は土地はもう買ってしまったの、恐ろしく安い買物だったけど、幸せな気分よ」

布施は仕方がないという声で笑った。互いのマンションへ行き来する愉しみが終わるのであった。奈緒子は生活が変わることを望んでいたし、それは布施との関係も変わることを意味した。いつも近くにいた二人の一方が東京を去れば、なにもかもがこれまでのようにはゆかない。それでも彼女は自分のために決断した。人間がビルに使われる街に未練はなかった。

弾みようのない会話のあと、布施は気を変えて、会社のために僕らまで終わることはないと言った。過酷な環境で働き続ける男の心の逃げ道であったかもしれない。奈緒子は疲れた頭で、自然に続くようならそれでいいと思った。彼には粘り強い将棋指しのようなところがあって、彼女にはどこでも咲く名もない花のようなところがあった。

退職してから家が建つまでの月日は忙しく過ぎて、夢の棲家の出現に酔っていたかもしれない。東京のマンションを整理し、やがて高原の暮らしがはじまると、布施はまず女ひとりの瀟洒《しょうしゃ》な家を見にきたし、東京からこまめに電話をくれるようになった。

「そろそろそっちの空気を吸いたい、愉しい食事ができるなら庭造りを手伝うよ」

当初は明るい電話が多かったが、会社の状況を知る奈緒子に愚痴をこぼすようになるのに時間はかからなかった。

「みんな必死でやっているのにツアーの手配が追いつかない、こんなときに事故が起きたら致命傷になる」

「手配課は相変わらずなの」

「ひとり増えたが、今日ひとり福岡へ飛ばされた、君と同期の小山さんだよ、もう定年まで戻れないだろう」

奈緒子に話すことで布施はいくらか落ち着くらしかった。捨ててきた世界のことを聞かされてもどうにもできない彼女は同情することで応える。自身の問題をひとつ解決したばかりであった。

「シーズンが間近に迫っているというのに仕入れのミスで予定していたホテルが使えない、これから百二十の旅程表を作り替えなければならない」

そう聞いただけでも社内のおぞましい光景が見えるし、疲れ果てた布施のようすが分かるのが辛かった。電話を切ったあとも彼の仕事を考えてしまう自分がいて、そのために生活を変えていながら、嫌な世界へ引き戻されるという不条理を味わった。愚痴の副作用に気づかない男もどこかおかしい。彼女は布施からの電話をいくらか疎《うと》むようになった。彼とも普通の話をして普通に笑えるようにならなければ、完全に自分を取り戻したとは言えないからであった。

生活が落ち着くのを待って機械関係の翻訳の仕事をはじめた彼女は夜が忙しい。日中は高原にもある小さな世間に馴染まなければならないし、買物、通院、森林浴、と女ひとりでもすることは結構ある。家事と三食の自炊だけでも時間は消えてゆき、うかうかしていると夏はあっという間に過ぎて準備不足の冬がきてしまう。

奈緒子はこの忙しさが好きであったが、人生というには足りないものが休らいの合間に見え隠れした。生きた証を求めるほど欲張りではないが、ときには生活だけの人生から食《は》み出してみたいと思う。少しずつ健康を取り戻している精神を感じると、彼女は外で活動することを考えた。草木染めの教室に通うのもいいし、人手のない店の手伝いをしながら他人の人生から学んでもよかった。楽に暮らすことにも、どこか後ろめたい、もどかしい思いがあった。

　ある日、よい日和なので歩いて村を巡っていると、車では見過ごしてしまう貼り紙が目にとまった。お洒落な雰囲気のケーキショップがパートタイマーを募集している。時給七百五十円は安いが、一日四時間勤務は魅力的であったから、彼女は中へ入ってケーキを買うついでにどんな仕事か訊いてみた。

「いま私がしていることです、つまりレジと包装、それに簡単な掃除などです」

　五十年輩の男はパティシエらしく、白いコックコートにイージースカーフを締めて、コック帽を被っていた。奈緒子はレジなどやったことがなかったが、キーボードを叩くのは速いので、できる気がした。

「冬の間も同じですか」

「同じです、大雪のときは休みますが、隣町からわざわざ来てくれるお客もいますから」

「従業員割引はありますか」

「考えましょう」

　男は苦笑して、ためしに二、三日働いてみてもいいし、早く決めてもらえると助かると話した。気持ちのよい低姿勢で、経験もない奈緒子はなにか恥ずかしい気がした。

男の穏やかな口ぶりを好ましく思いながら、帰るときになって彼女はなんとなく人恋しい人間の好意のようなものを感じた。

唐沢穂《からさわみのる》のケーキショップで働くようになってから、奈緒子はしだいに体が軽くなってゆくのを感じた。通勤とも言えない距離はたいした運動にもならないが、笑いを取り戻したし、少しでも決まった収入のあることが、やはり心のゆとりにつながった。しかも働くことが愉しい。

店主の唐沢はフランスで菓子作りを学んだあと東京のホテルに長く勤めた人で、やはり疲れ、五十歳を目処に独立して暮らすために高原の村へ移住したという。二年前まで彼には妻がいたが、心臓病で先立たれた。おいしいケーキを作り、売って、夫婦で晩年を愉しく暮らすつもりでいたので、彼はしばらく落ち込んだが、自分で自分を立て直した。生き甲斐を思い出させてくれたのは変わらぬ客たちで、高原の菓子職人として生きることを愉しんでいた自分に改めて気づいた。

「もし私が先に死んでいても家内はここに住み続けただろうと思ってね」

「私は初めからひとりです」

「最後はみんなひとりになるが、そのことを意識して暮らすのもどうかと思う、人間は結構したたかだから」

　客のいないとき、二人は厨房と売り場を仕切る窓越しに話した。互いの生活や思考が少しずつ見えてくると、冗談も出る。笑えないときは笑えないことに笑ったりする。唐沢は要領よく指示するが、労使の関係はあってないようなものであった。

　彼の作るケーキは小ぶりだが、形と彩りがよく、芸術的なものさえあった。味見をしなくても分かる男はやはり職人で、客に説明できるように奈緒子に試作品を食べさせて、どこがどう美味いかと訊くのであった。

「表面がビターで下にゆくほど甘く、一口目は大人の味がします」

「それだけ」

「それから中にバナナが隠れています」

「二十点の表現だね、フランス人の客なら買わない」

「日本の高原なら一日十個は売れます、私がひとつ買うし」

　彼女は明るく言い返した。すると唐沢も目を丸くして笑うのであった。

　昼どき、二人は客の絶えるのを見計らって食事をする。せいぜい十五分の食事は忙《せわ》しないが、時間給のうちなので奈緒子は不満にも思わない。たいていは唐沢の作るフランス風のサンドイッチとスープで済ませるが、たまに奈緒子が二人分の弁当を作ってゆくと、美味いなあ、と彼は気に入った。あり合わせのものを詰めただけの弁当も、

彼には特別な味に変わるらしかった。食後のお茶をすすりながら、奈緒子が星を見に暗い庭へ出て転んだ話をすると、

「君は見た感じより明るいね、しっかりしているようで、そそっかしいところもある」

彼は言い、昆虫でも観察するような目で彼女を眺めた。奈緒子は見つめられても嫌ではなかったし、気取らない男には気を遣わなくてよいので自然に振る舞えた。東京の布施が電話をかけてくるとき、どこかで身構えるのと違って、些細なことでも笑い合えるのがよかった。ひとりじゃ笑えないからなあ、と唐沢も似たようなことを言った。

勤めはじめてから半年が過ぎたころ、季節は冬であったが、仙台から初めて弟の徹《てつ》夫《お》が訪ねてきた。その前の電話で父が認知症らしいと聞いていた奈緒子は、その相談だろうと思った。高齢の父は母の死後も埼玉でひとり暮らしをしている。弟に父と一緒に暮らす考えのないことは分かっていたから、父に適当な施設へ移ってもらうか、奈緒子に引き取れという話になるに違いなかった。

夕方、雪の駅へ出迎えると、

「仙台より寒いね、蔵王かと思った」

徹夫はそう言って車に乗り込んだ。長男といっても奈緒子には年下の身勝手な坊や

でしかない。彼も奈緒子を頼りない姉と見ているはずであった。

雪原の小さな家は徹夫を驚かせて、なんのためにこんなところで暮らすのか理解できないと言わせた。外は狐でも出てきそうな暗さで、家の中は北欧風の家具がなんとなく生活を匂わすきりであった。結婚して子供もいる彼は姉の趣味の調度を眺めながら、父親が住めるかどうか値踏みしていた。彼自身は近くにデパートや娯楽施設がなければ暮らせない人間で、気晴らしの旅行先も都会しか選ばない。

「姉さんは勤めも辞めてしまったし、ここが気に入っているようだけど、正直に言って冬を暮らす場所ではないね、もう埼玉へ帰る気はないの」

夕食のとき、徹夫は遠くから訪ねてきた目的を切り出した。

「父さんもひとりで暮らせる時期は過ぎたと思う、といって僕の方で引き取ることもできない、子供たちはこれから受験だからね」

「あなたはいつもそう、姉弟は二人しかいないのに自分の都合でしか行動しない、今の私はひとりで暮らしていても身軽とは言えないわ、自分で自分の始末をつけているのは誰でもない、私よ」

「じきに父さんはそれもできなくなる」

「一度会ってくるわ、電話のようすではそれほど認知症が進んでいるとも思えないし」

奈緒子は話しながら、なんの負担も引き受けようとしない弟に暗い怒りを覚えた。長男が親の老後の面倒をみるという時代でもないのだろうが、子供のひとりとしての責任まで忘れてもらっては困る。親の問題はどこの家でも兄弟の誰かひとりに押しつけられて、あとの人は知らん顔というケースが多いとも聞く。そのくせ遺産相続になると出てきて、兄弟の決別で終わるのが落ちだという。

「どこかの施設に入るための費用は埼玉にあるだろう、今のうちに本人にそのことを話してくれないか」

結論を引き出すために彼はそう言った。

「もし嫌だと言ったら」

「それは姉さんと暮らしたいという意思表示だろうな、父さんと僕は反りが合わない」

奈緒子は仮に父と暮らすとしても、女ひとりで介護はできないだろうと思った。父の望みを聞くのが先だが、そう遠くない将来に備えなければならない。その意味では徹夫の言うことにも理がある。彼女は弟に期待できないことは分かっていたので、彼にも分け合うべき責任のあることを話す一方で、自分がなんとかするしかないと思った。そうして人に期待されない人こそ楽なのであった。

久しぶりに姉弟が会っているのに夕食は愉しいものではなくなり、話題を変えても会話は弾まなかった。徹夫が仙台へ帰って妻子の前でどういう顔をするのか、彼女は見てみたい気がした。なんとか話をつけたとでも言うなら、彼もいつか自分の子供によって同じ目にあうに違いない。

次の朝、彼はそそくさと帰っていった。姉に一切を押しつけることが目的の、つまらない一泊二日の旅であったろう。わざわざ遠くからやってきたという事実がなにがしかの弁明になるのだろうか。十一時から午後三時まで働いて三千円を手にする姉は買い置きのクッキーを持たせた。

いつもより早く仙台土産の蒲鉾《かまぼこ》を持ってケーキショップへゆくと、唐沢はケーキ作りの最中であった。目で挨拶をしてレジを見ると四、五人の客があったとみえる。冬の間も朝からケーキを作る男は売れても売れなくても淡々としている。奈緒子はショーケースの中を確かめ、店の窓を拭き、減っている籠のクッキーを整えた。毎日の決まった動作で、すべきことを改めて考えることはない。一日を送るためのリズムの中に調和があって、彼女もその何分の一かを享受している。

しばらくして厨房から出てきた男に蒲鉾を渡すと、

「ほう仙台名物か、ありがとう、今夜はこれで一杯だな」

案外な喜びようであった。

昼食のとき、彼女は二、三日の休みがほしいと話し、ついでに父のことも話した。

唐沢は食事をしながら聞いていたが、しばらくして言った。

「施設云々は検査結果にもよるだろうが、とにかく認知症の人をひとりにしておくのはよくない、早急に何ができるか考えないといけないね」

「弟がそんなふうですから、私が父と暮らすしかないのかもしれません」

「いいのかどうか欧米では高齢の親と暮らす人は少ない、自分たちの生活があるからね」

唐沢の口から聞く言葉とは思っていなかったので、奈緒子は意外な気がした。

「日本では薄情に思えてしまうのはなぜでしょう」

「うまく言えないが、成人した子供すら突き放せない親が多いように、いつまでもつながっていたい民族なのかもしれない、いわゆる人情の部分でつながろうとするから、却《かえ》ってややこしいことになる、ある意味では人間が成熟していないとも言えるし、病に対して社会が出遅れているとも言えるだろうな、いずれにしても選択肢は少ないよ」

彼はそう言いながら、一日も早く父親に会ってくることをすすめた。その結果、まだ軽いようなら進行を遅らせる方法もあるだろうし、重大な事態なら改めて相談に乗ろうとも言った。奈緒子の中で唐沢の存在が大きく変化した瞬間であった。彼女は高原の菓子職人を心のどこかでそれしかない人に見ていた分だけ、男らしい分別をありがたく思った。そのときになって、どこでも生きてゆける男の沈着さや底の深さにも気づいた。

ひとりの夕食後、書斎とも言えない小部屋に籠って辞書を眺め、日本語の原稿を英訳する作業は奈緒子にとって高原の暮らしの張り合いでもあった。長い夜の時間を少しは埋められるし、集中するほど心細さや不安も和らぐ。都会の家なら夢の中で過ぎてくれる時間であったが、ただ朝を待つために眠るのも惜しかった。起きていれば何か思いつくかもしれないという期待と、やはりひとりで暮らす認知症の父のことがいつも脳裡の片隅にあるからだろう。

「まだしばらくは持つ、医者もそう言っているから心配するな」

訪ねてゆくと父はそう言った。昔からなんでも手際よく決めてゆく人で、病気のことも自覚していたのである。彼の決断は埼玉の家を処分して安住できる施設へ入ることであったが、今のところどこも順番待ちですぐには移れない。決まるまで同居しないかと奈緒子が誘うと、おまえにはおまえの生活があるし、自分には家の整理があるので丁度いいと言って拒んだ。几帳面な性格による計画的な待機であったが、奈緒子はそれも淋しい気がした。いずれ帰る家がなくなることも心の底が抜ける思いであった。

病院の検査に立ち会うと、父は医師の質問にすらすら答えた。簡単な計算は暗算で即答する。長く大企業の経理を務めてきただけあって、複雑な計算も十秒とかからない。医師が感心するそばで、奈緒子は自分が計算できないことにうろたえていた。

医師の診断は初期の認知症ということで薬も出なかったから、彼女は三日父と暮らして帰ってきた。ただし、その日から毎日電話で話すことにした。父に異変を感じたら、自分が埼玉へ帰るか、強引にでも父を高原へ連れてくるつもりであった。

唐沢に話すと、どうやら第一段階はクリアしたね、あとはお父さんの気持ちかなあ、と一緒に考えてくれた。

「今のうちにこっちで施設を探して見てもらうのはどう、ずっと施設の中で暮らすことになるなら、都会でも山の中でも大した違いはないだろう、君も訪ねやすい」

「窓から見える景色が違うでしょう、父は親しい景色の中にいたいのかもしれないし」

「一度訊いてみたらどうかな、君のことを思って同居を拒んだのなら、近くの施設ならいいということもある」

「そうね、うっかりしてました」

彼女は少し明るい気持ちになって、病院の検査で父が易々と暗算し、付き添っている自分ができなかったことを話した。

「どうしようと思いました、病人の方がまともなんですもの」

「私できません、と医者に言ってみたらよかった、妙薬をくれたかもしれない」

「言いかけて気づいたの、お医者さんも電卓で計算してるって」

彼は笑い、奈緒子は彼といると穏やかになる精神を感じた。

「その調子でずっとうちで働いてくれると助かる、急がなくていい、考えてくれないか」

と彼は言った。不意だったので奈緒子はきょとんとするばかりで、布施という相手がいることを言えなかった。ときどき男が泊まりにくる家を唐沢は知らないようであった。もっともそれは父も知らないことであった。

もともと人生を計算するのが苦手な彼女は多くのことをなりゆきに任せてきたが、初めて自分ひとりの力で摑《つか》んだ暮らしが落ち着くにつれて、次のなにかを求める気持ちになっていた。人間の生活が脆《もろ》いことを実感しながら、父のしっかりした考え方を知ったことは生気を取り戻して間もない女にとってひとつの指針であった。そういう気持ちになれることがすでに新生活の収穫でもあった。

重たい冬がとどまり、高原にようやく春がくるころ、東京は桜の季節であった。古い友人から花の便りが届くと、奈緒子は返書に高原の香りをつめて送った。小さな家の広い庭には白樺やアカシアがあるが、まだ地面に花は見えない。封書に入れたのは去年押し葉にしてみた野草の花であった。今年の夏はドライフラワーに挑戦しようと思うのも、高原を生活の場として見るようになった女のささやかな愉しみであった。

ある土曜日の午後、仕事から帰って郵便受けを覗《のぞ》いていたとき、庭の木陰に人が立っているのに気づいた。一瞬、泥棒かと思って目を凝らすと、帽子を深く被った顔を上げて歩いてきたのは布施であった。

「電話もくれないで、いついらしたの」

奈緒子は声をかけながら、久しぶりの男の顔を眺めた。小一時間前かな、と答えた男は顔色が悪く、肩のあたりが瘦せていた。

「こんなに広い庭だったかと思ってね、裏の白樺が立派なので勝手に見させてもらった」

布施は手ぶらで、小さなデイパックを背負っていた。家に招じると、男を待っていない日の女の生活が露《あらわ》で、彼女は恥じらいながら観念した。布施は気にするようすもなく、一夜の宿を確かめる顔であった。

「夕飯はあるものでいいよ、土産を買う暇もなくてね」

とソファーに身を沈めて言った。奈緒子は台所にあるものを確かめながら、たいしたものはできないと思った。キャンベルの缶詰があるので、パスタを茹《ゆ》でて、イタリアンぽくすれば少しは明るい食卓になるだろうと考えた。その間にも布施のために紅茶を淹《い》れて運んでゆくと、彼は飲まずに眺めながら、ケーキ屋の仕事は愉しいかと訊いた。

「そうね、冬の間は辛いときもあるけど、思っていたより働き甲斐はあると思う、ときどき売れ残りをもらえるし、あとで買ってきましょうか」

「いいよ、ケーキを食べにここまできたわけじゃない、それより君も座らないか」

奈緒子はなんとなく嫌な予感がした。彼が弾まない理由はひとつで、仕事がきついからだが、今日の男はそれだけでもないような気がした。

「あなたの方は変わらないようね」

「だいぶ傷んできたよ、体は正直だから医者にも行ったが、なにもはっきりしない」

「私もそうでしたから、分かります」

「急にやってきてすまないが、まずは風呂に入りたい、それからゆっくり飲みながら話そう」

「ええ、そうしましょう」

奈緒子は風呂を立てて夕食の支度にかかったが、家に他人のいる気配もないので、ときおりソファーに座ったままの男を見ると、表情は暗く翳《かげ》っていた。答えの出ない悩みがありすぎるのだろう、やがて風呂から上がった布施はひとりでビールを飲みはじめた。

高原はまだ日没の早い季節で、食卓についたときには日も暮れかけていた。いつもならこれから夕食の支度という時間のせいか、奈緒子は空腹を感じないまま安いワインを一本開けて男の憂いに付き合った。ともかく彼がやってきたからには話を聞かなければならない。電話では話せないことを抱えてきたのなら、早く楽にしてやりたかった。

「君はいいときに辞めたよ」

乾杯のあと布施は言いはじめた。

「またぞろ組織の再編があってね、社長直属の部下が幅をきかせているというか、やりたい放題だよ、会社というより、あれはもう軍隊だね、働くことになんの喜びもない」

「それは辛いわね、辞めた私が言うのもおかしいけど、みんなよく我慢していると思う」

「生活のため、それしかないね、不思議なことに転職するよりはましだと考えてしまう」

「あなたにも何かあったの」

彼女は予感を口にした。疲れている男が不意に訪ねてくるからには相応の動機があるはずだし、暗い衝迫《しょうはく》もあるはずであった。布施は黙ったが、グラスを干して言った。

「用無しの烙印を押されたよ、すぐ本社を出てゆけという命令さ、残務整理と引き継ぎに一週間、再来週には広島のリテイラーへ出向する」

「そう、広島へ」

　奈緒子は慰める言葉がなかった。布施はなんとか生き残るだろうと思っていたので、身を切られるような衝撃であった。胸の中で崩れてゆくものを感じたとき、来るものが来たのかと思った。少し待ってみたが、広島へ来てくれ、一緒に暮らそうという言葉は聞けなかった。かわりに彼は低い声で話した。

「今までのようには会えなくなると思う、遠距離恋愛という歳でもないし」

「それで来たのね」

「広島へゆく前に話しておきたかった、向こうではどんなに働いても給料泥棒という立場になる、定年まで仮の生活を続けることになるだろうが、人生の試練と思って割り切るしかない」

「生活のための我慢と言いながら、好きな生活を築けないのは変ね、日当三千円の生活もあるというのに」

　彼女は皮肉になっていた。父のことがあるので広島へついてゆくことはできないが、誘いもしない男に薄情な人を感じた。彼女が主張することの苦手な女だからか、男にはいつでも手に入る道端の花に見えていたのかもしれない。もともと身を焦がすほどの激しい起伏もなく、ずるずると続けてきた関係であったが、それをおかしいとも思わないところに中年の男と女の均衡があった。その関係は奈緒子が退職してからもある距離の中で保たれてきたはずだが、東京と広島の違いが彼には決定的な距離になるらしかった。あるいは出向という不遇が今の彼には現実のすべてなのかもしれない。今さら父のことを話してもはじまらないと思いながら、彼女は言わずにいられなかった。

「父が認知症なの、私も今後のことを真剣に考えなければなりません」

「そうか、君もそういう歳になったか」

親身な言葉のかわりに彼はそう言った。奈緒子は苦笑の裏で哀しくなりながら、儚《はかな》い溜息を洩らした。会社が傾いたというだけで激変する人生も、ひびわれる人間関係も、うなだれて去ってゆく人を見るのも、もうたくさんだと思った。なんの張り合いもなく息苦しい環境で身を削るくらいなら、呼吸の楽な高原でつましく生きてゆくのも悪くない。陽射しのよい季節は彼らの何倍も一日を愉しむことだろう。そう思えるようになったことがささやかな実りに思われた。

あまり進まない食事のあと、布施がまた会社のことを喋ろうとするのを奈緒子は立ち上がって遮った。取り返しのつかないことはもう聞く気になれなかった。自分にも

ある薄情なところを感じながら、

「きっと星がきれいよ、少し庭へ出てみませんか」

労《いたわ》りとも悲哀ともつかない気持ちから、そう誘った。

「まだ寒いだろう」

布施はためらったが、勝手口のドアを開けるとついてきた。軒先の犬走りに立って見上げると、淡々しい春の星空であった。布施も仕方なさそうに夜空へ目をやった。

「前にこうして星を見たのはいつのことかと思う、なんだか急に老けた気がする」

「あなたも私も順調に年だけは取ったということかしら」

「そういうことらしい」

奈緒子は吐息をつきながら、かつて家族とも別れて地方へ去っていった同僚と何も違わない男を見ていた。自分がひとりになってどこへ向かうのか分からないが、たちまち今日までの道のりも朧《おぼろ》になってきた。たぶん新しい起点にいるのだろう。恨みも悔いも押しのけて彼女は立っていた。

考えてみれば都会の生活と収入を捨てて人生をとった女と、高原にきても都会の空気で生きている男の思いは嚙み合わない。小娘でも気づきそうなものだが、奈緒子は未練もあって、優柔な自分を許してきたとみえる。それは布施も同じであろう。お互いの物分かりのよさに失望しながら、彼女はそうしている間にもとけてゆく男と女の歳月をあやしく思い、明日には跡形もなく消えてしまうのを感じた。冷えてきた夜気の中に浮かんでくるのは今どきの中年の都合と薄弱な意志でしかない。そんなものを傷口のかわりに嘗め合うために、朧な星空の下に並んで、二人は暗い庭を見ていた。

ジョジョは二十九歳

小さな漁船の出る海と防波堤が六ヶ月を暮らす寮の窓から見えて、観光の人出が引くとよく海鳥がやってきた。防波堤のうちにも小さな鯖《さば》がうようよしているからで、鳥たちのご馳走になるのだったが、ホテルのテラスや駐車場には白い糞が積もった。臭うし、見た目もよくないので、メインテナンスの男たちが掃除に追われたが、鼬《いたち》ごっこの作業であった。見かけると、ジョジョは必要な道具を揃えて働く日本人の几帳面な仕事ぶりに感心しながら、

「精が出ますね」

と声をかけた。よく使う好きな日本語のひとつで、母国のフィリピンにはない挨拶であった。口にしたときの語感がよいのと、自然に笑顔になれるのと、さして親しくない人であっても苦労を思いやる気持ちを伝えられるのがよかった。といっても日本語を流暢《りゅうちょう》に話せるわけではなく、相手の話を理解していながら浅い会話しかできないこともある。腰を据えて学ぶ機会も生活の余裕もないからであった。

いつも通り半年の契約で房総半島の安房《あわ》小湊《こみなと》のホテルへきたのは五月のことで、日本滞在は十九歳のときから数えて十二度目になる。ポリネシアンダンスショーのメンバーとして地方都市にも雪の降る温泉地にも行ったが、有名な古刹《こさつ》のある海辺の観光地は初めてであった。三月《みつき》がゆき、日本の潮風にも馴れると、誘惑の少ない街は住み心地がよく、危険な目にあうこともない。スモッグがないせいか呼吸が楽にできるし、働く環境や待遇もまずまずである。不足を言うなら、半年を乗り切るための愉しみや刺激の少ないことであろう。フィリピンでは稼ぎようのないものを貯めるために来ているので散財はできないが、なにか気晴らしが欲しくなるのもこの頃で、彼は釣り道具を借りて防波堤から鯖を釣ることを覚えた。ほとんど入れ食いで獲れる魚は寮へ持ち帰って、油で揚げて食べる。食費が浮くし、料理当番の女性たちも喜ぶ。あるときダンサーの中でも最も貧しい娘が、

「網で獲ったらいけないの、餌を買わなくてすむじゃない」

お気に入りのマヨネーズをご飯にかけながら、真顔で言った。

「マニラ湾ならそうするところだが、ここは日本で、なにもかもただというわけにはゆかない、人に見咎《みとが》められるようなことをしてホテルに迷惑をかけるのはどうかな」

「でも、あんなにたくさんいるのよ」

彼女は納得しかねる顔であった。掬《すく》い網でも獲れる大量の魚が目の前にいるのに誰

も見向きもしないことも、貧しいフィリピーノには不思議なのであった。それはジョジョも感じたことで、フィリピンなら獲り尽くしてフィッシュソースかフィッシュボールに加工するだろうと思った。少なくとも食べもせず売りもせずに黙って見ていることはしない。

「日本人は魚が大きく育って子孫を残すまで待てるのよ、養殖も上手だし、海を守るという気持ちが私たちより強いと思う」

そう言ったのは大学を休学してやってきたメルディであった。ハワイアンとタヒチアンダンスが得意で、このチームの教養であり花であった。笑いと音楽が好きでそういう話の苦手な仲間に、彼女は少しだけ考えてみてという顔で、国の経済力や政策や技術の問題もあるけど、マニラ湾が汚れたままになっているのは道徳性の問題も大きいと話した。護岸から網で魚を掬うにはそれなりに美しい海がいるとも言った。それはジョジョにも分かるが、今日明日の生活を優先しなければならないことも貧しい人間の常であった。

彼の生家はマニラ湾に臨むパサイ地区にあって、一家八人が雑居ビルの二階に暮らしている。寝室はひとつしかなく、祖母と子供たちはリビングのソファーや床に眠る生活であった。学歴の乏しい父は職を転々としたあと三流ホテルの清掃員に落ち着き、弟妹は乗合自動車《ジプニー》の運転助手や土木作業員をしたり、もぐりの美容師やマニキュリストになっていたが、実入りは恐ろしく少ない。日本にゆくジョジョが稼ぎ頭で、一家は彼の収入のお蔭でどうにか一年を遣り繰りしている。

彼らの夢はいつかタクシーを持ち、男たちが交代で運転して稼ぐことであったが、少し余裕ができると使ってしまうのもフィリピーノで、思うように貯まらない。そのために内緒で銀行預金をはじめたジョジョは、母に渡すものと自分の取り分を分けるようになっていた。それがもうすぐ中古のメルセデスかトヨタを買える額になろうとしている。そのことを彼は渡日する前にすぐ下の弟のマリートにだけ話した。自分の留守中にサウジアラビアへゆくかもしれないと不意に言い出したからであった。

「サウジで何をする」

「病院の掃除さ、一年働いて帰ったら車を買える」

「危険だな、ただの掃除ではないから外国人を雇う、別の仕事を探せ」

ジョジョは言ったが、年収に目がくらんでいる弟は聞きそうになかった。一年か二年の辛抱で人生が変わるかもしれないという期待と欲は外国へ出稼ぎにゆく人に共通する心理で、ブローカーもそこを突いてくる。高給の裏には何かしら隠し事があって、現地へ着いてみなければ分からない危険が潜んでいることが多い。命を落とすケースもある。ジョジョが欲張らずに日本にしか行かないのもそのためで、安全を脇へおいていくら稼いだところで無事に帰れなければ元も子もない。それに日本には親切な彼女もいる。

「俺は兄さんのように踊れないし、汚い仕事でも我慢するしかない」

とマリートは言った。次男の分別であったが、ジョジョは長男の分別を聞かせるために近所の酒場へ誘った。屋根と簡単な囲いがあるだけの粗末な食堂が夜はバーになって、男たちが暗がりのテーブルに集まる。二人は空いていたテーブルに向き合って、ビールをもらった。

「落ち着いて聞いてくれ、実は去年から息切れがひどくてもう長くは踊れそうにない、だから今度の仕事で最後にしようと思う」

「だったら、なおさら俺がサウジへ行って悪いことはない」

「まあそうだが、まず俺の話を聞け」

思いつめる質《たち》の弟を宥《なだ》めながら、ジョジョは日本から帰ったら車を買おうと話した。しばらく前から考えていたことで、自分が日本へゆかずに一家の生活を支える方法はほかに見当たらなかった。彼も弟たちも涼しいオフィスで働くことを許される身分ではない。父もそう長くは働けないだろう。ぐずぐずしていると妹たちが妊娠するかもしれない。そう考えてゆくと一台のタクシーは一家の保険であり、運がよければ生活を変える切り札になるはずであった。

「金は作るから、俺が日本にいる間に中古の掘り出し物を探してほしい、ただしまだ父さんや母さんには言うな、俺がダンサーを辞めると知ったら動揺する」

「金ができるというのは本当か」

「ああ、だからサウジへはゆくな、車を手に入れたらしばらくは空港へ通って白タクで稼ごう、二人でやらないと危ない、そのうち袖の下を使って許可をもらう」

そうした行為を二人とも仕方のない世渡りと思っていた。官憲も実業家も賄賂《わいろ》で動く社会であったし、タクシーのメーターを改造するくらいのことは誰でも考える。食べてゆくために犯す違反はそれこそ生活の知恵であった。およそ家族を守ることに熱心で、侮辱に対する復讐心が強く、近親者の犯罪や過失はあっさり許してしまう。仕方がない、なるようになるさ、という言葉を愛し、その日を凌《しの》ぎながら当座の困難をやり過ごす。暑い国の貧しい人々に共通する処世のならいがジョジョの一家にもあって、憂いの淵《ふち》に沈む前に気を変えるように努める。しかし、いずれ正念場はやってくる。

「分かったよ、サウジはやめる、そのかわり車選びと整備は任せてくれ」

真顔の弟にうなずきながら、ジョジョは自分と同じ運命を背負ってゆくであろう年下の男を哀れに思った。マリートはやはり真顔のまま、今度の日本行きはいつもより金になるのかと訊ねた。

「リーダーの責任分の上乗せはある、金のことは心配するな」

「無理だね、それが趣味だから」

「来年から数えるのが趣味になるさ」

二人は声を出さずに笑った。気持ちを切り替えると、マリートは陽気になって盛んにジョークを飛ばし、ジョジョは手垢のついた話にも笑った。弟は弟なりに悩んできたことが分かるからであった。

酒がすすんで酔いがまわるころ、急にジョジョが咳き込むと、マリートも言葉をなくして見つめた。異常にせぐりあげる姿はなにかの発作にも似ていた。笑いすぎたせいか咳はしばらくやまなかった。その間じっと待っていたマリートは眉を曇らせて、喘息じゃないのかと案じた。

「いや、この汚い空気のせいさ、日本へゆくとよくなる」

「そんな体で踊るのはきついだろうな」

「なるようになるさ、それより母さんを泣かせるようなことはするな、火がつくとシャモより怖いぞ」

泣き言を口にするかわりに弟を笑わせながら、ジョジョはどうにかサウジ行きを思いとどまらせたことにほっとしていた。兄弟の中でも気概のあるマリートにはずっと家にいてもらわなければならない。最後になるであろう自身の日本行きも、一家の生活を守ることも、彼の中ではひとつのことであった。そのために失うものがあるとしても、あきらめることに馴れていたから、今さら迷うこともなかった。不安があるとすれば六ヶ月という微妙な時間であった。

三月《みつき》しかない日本の夏は過ごしやすく、彼らはたっぷりとある陽射しと快い潮風を愉しんだ。日本にきて辛いことのひとつが気候の急激な変化であったし、そのために体調を崩すこともあるので、ジョジョはダンサーの健康管理にも気を配った。油断して苦しむことになっても、自己負担の医療費を敬遠する彼らは病院へ行かないし、また治療にかける時間もなかった。

メンバーの誰が休んでもショーは誤魔化せるが、長引くと内輪揉めの種になる。働く者と働かない者、生活をかけている者とそうでない者とが摩擦を起こす。そういうときの潤滑剤には小さなサプライズが効果的で、ジョジョはホテルの厨房を覗いて親しい調理師にカツ丼を作ってもらったりする。これを嫌いなフィリピン人を知らないし、実際そんなものがきっかけで和気藹々とするのだった。彼自身はバンブーダンスやマオリの激しいダンスがきつくなっていたが、残り三ヶ月を切ったことでいくらか気が楽になっていた。そこに油断があったかもしれない。

「ジョジョ、ちょっといいかしら」

ある日、メルディが寮の外へ誘ったのはダンサーのひとりが妊娠していることを告げるためであった。最も若く貧しいビーで、もう四ヶ月ほどだという。本人は最終日まで踊るし、帰りたくないと言っているが、危なくて見ていられないと彼女は話した。

「少し肥ったような気はしていたが、帰るころには七ヶ月か、ダンスは無理だな」

「取り返しのつかないことになる前に帰した方がいいと思う」

「君が妊娠したというならそうする、だがビーには金がいる、子供ができるなら尚更だろう、少し考えさせてくれ」

彼は言ったが、エージェントとの契約があるので帰すしかないだろうと思った。それでいて、なんとかしてやりたいと考えてしまうのはビーの生活苦を知るからで、家の貧しさに対して彼女の力ではダンスしかできないことも分かっている。

「ビーの妊娠を知っているのは君だけか」

「いいえ、女性はみんな気づいたわ、それで私が話すことになったの」

「分かった、今夜か明日にでもみんなで話し合おう、ビーは興奮して泣くだろうから宥《なだ》めてくれ」

社員用の駐車場でメルディと別れて、彼は久しぶりに防波堤へ歩いていった。まだ午後の早い時間で日盛りであったが、どうということもない暑さであった。海も空も青く、防波堤には結構な数の釣人が出ている。観光らしい親子連れや恋人らしい男女もいるが、釣った鯖はどれも投げ返されて海面に浮くものもあった。あれで愉しいのだろうかと彼は眺める人になって、しばらくぶらぶらした。近くの空に物欲しそうな海鳥が群れているのを見ると、皮肉に思わずにいられなかった。

「肺癌です」

マニラの病院でそう言われたのは半年前のことである。呼吸が苦しいだけでなく、首の後ろに瘤のようなものができていた。

「あとどれくらい生きられますか」

「よくて八ヶ月でしょう」

医師は手術をすすめたが、それでも余命一年と聞くと選択肢はないも同然であった。通り一遍の慰めを聞きながら、彼は次の仕事を早く決めなければならないと思った。なんであれ悪い事態を予想して臨むせいか、意外なほど冷静でいられた。そういう星の下に生まれたのだから仕方がない、とあきらめるしかなかった。生きているうちにできることをしなければならないと思うのも習い性で、それは家族のために車を買うことであった。逝く前にせめて彼らが心の底から喜ぶ顔を見てみたいと思う。教養もなく貧しいことを人に小馬鹿にされても、家族の英雄であればいいと思い続けた人生であった。たぶんビーも同じような思いで生きているはずで、何もできないからといって何もしないことは許されない人生がフィリピンにはごまんとある。だから彼らは近しい人が生活のために犯す過ちを許してしまうのだろう。

その夜、全員がくつろぐ時間を待って彼はリーダーとしての考えを話した。

「明日から六人で踊ることにする、ビーにはショーの裏方と料理当番をしてもらう、それが嫌なら帰国させるが、今から代わりはこないだろう、つまり六人で踊ることに変わりはない、もしなにか反対の意見があるならこの場で言ってほしい」

「ホテルの係やエージェントに知られたらどうするの、四、五日の話じゃないのよ」

「そのときは斟酌《しんしゃく》してくれるように頼んでみる、それで駄目なら彼らの指示に従う」

そこまでがジョジョのとれる責任の限界であったし、その先はなりゆきに任せるしかなかった。ビーを帰してもメンバーの負担が減らないことが分かると、まず女たちの肩が沈んだ。帰したところで彼女がまっすぐ病院へゆかないことも見えている。

「ビーはどうなの」

とメルディが訊いた。

「帰国しないですむならなんでもします、迷惑をかけてごめんなさい」

彼女の目はもう濡れていて、半開きの唇を震わせ、間違えば錯乱しそうであった。

無言の一分が流れて、彼らは誰かがジョークを飛ばすのを待っていた。そのとき煙草をもてあそんでいた打楽器担当の男が、

「ひょっとしてビーは処女《ビルヘン》のビーか、だったら名前を変えなきゃ」

と呟いた。それで重苦しい雰囲気が一変した。女たちの頬が明るみ、笑いが広がり、男たちは缶ビールをとりに立った。ビーは脱力して黙っていたが、失わずにすんだものを握りしめているのがジョジョには分かった。彼女にとってそれはバケツで鯖を掬うような大金であったが、フィリピンへ帰ればまた泡のように消えてゆくものでもあった。


夜の部屋にいつもの団欒《だんらん》が戻ると、メルディがビーのそばへ寄ってゆき、

「古い本だけど、よかったら読んでみない」

と読みさしの本を渡した。

「ありがとう、なんだかとてもむずかしそうだわ、私に読めるかしら」

「もちろん、分からない言葉は飛ばしてもいいし、訊いてくれたら教える、きっと為になると思う」

「でもタイトルすら読めないのよ」

ビーはそう言いながら、おそらく生まれて初めて手にするペーパーバックをさすっていた。そういうものが彼女の家では贅沢《ぜいたく》で、僅かな収入はマカロニやビニールのサンダルに化けるのだった。ジョジョは自分にも足りないものを眺める心地で彼女の手許に目を当てていた。どんな意味があるのか、それは「怒りの葡萄」という題の英文学であった。

何事もなく夏がゆき、寒い秋がきて、半年に一度あるかないかの休日が決まると、ジョジョは群馬のユリに連絡した。日本を去る前に会わなければならない人であったから、御宿《おんじゅく》で会えることが決まると胸が躍った。

リゾートホテルで働くユリとは五年前に草津で知り合い、来日する度に休みを繰り合わせて会ってきたが、いつも彼女がジョジョを訪ね、一夜の費用も負担してきた。日本人は押し並《おな》べてフィリピン人に親切で気前がよく、彼女もそういう人であった。たしかに愛し合っていながら、甘い夢の時期を過ぎると二人の関係は曖昧なうちに流れて、今では肉体を欲するところからはじまる男と女に還っていた。それでもジョジョは彼女といるとほっとし、自分という人間の罪深さを考えもする。年上の女は自然体で、英語も描くなく、貧しさを理解し、優しい。フィリピーノにはいないタイプの女性で、じたばたしないところに不思議な魅力があった。あるとき彼女はさらりと言ってのけた。

「日本の男だったらとっくに別れていると思う、あてにならない嗅覚だけど、どうしてかあなたにはもしかしたらを感じる、今の私には十年も百年も一緒よ」

ジョジョは黙っていた。なにか言えば衝動から家族を捨ててしまいそうであった。

しかし今度ばかりは彼もしっかり話さなければならない。秘めてきた思いとともに運命を知らせなければならないし、ユリに次を期待させて別れてくるわけにはゆかない、そう思いつめていた。

安房小湊から御宿までは電車でも三十分とかからない。その日がくると、彼は待ち合わせたホテルのメモを持って朝早くから出かけた。ユリが着くのは午後であったが、それまで久しぶりの自由を愉しみたいと思った。メルディたちは水族館へゆく予定で、ビーはひとり留守番であったが、今のところ体調に心配はなかった。友人に会うというリーダーを信じたものはいないだろう。彼らはにやにやしていたし、ジョジョもときめきを隠せなかった。日本でしか乗らない電車に揺られながら思うのは、今日という幸福な一日の重みと明日という辛い一日の皮肉であり、そうしてぼんやりしていても安全な国のありがたさであった。車窓の景色を記憶するために立っていると、もう来ることのない日本が身を切るように流れてゆく。彼は懐かしい景色を思い合わせた。

不可解なのは戦争に負けた国であるのにフィリピンよりも豊かで、どこへ行っても水田と畑の多いことであった。道路には側溝があって、水道の水は清潔で勢いがよく、寒いのに米もフルーツもおいしい。停電になるとすぐ電力会社の人が駆けつけ、急病人が出ると十分で救急車がくる。山奥の田舎にも新車が走り、牛など見えないのにスーパーには何種類もの牛乳やヨーグルトが並んでいる。初めて来日したとき、なにより驚いたのが洋服の値段で、マネキンも価格に含まれているのかと真剣に疑った。街はブラック・アンド・ホワイトに見えて、歩く人はみな急用でもあるかのように早足であった。いつのころからか彼も日本にいる間は同じように歩くようになって、時間を節約し、靴底と青春を磨り減らした。けれどもマニラへ帰れば家族の英雄であった。

ときおり小さな駅にとまり、人を拾いながら電車は時間通りに御宿の海辺に着いた。駅舎を出ると観光案内所が見えたので、彼は案内を請い、街の地図をもらった。マニラでは考えられない親切で、そういうことに馴れてしまうのを怖れた時期もあったが、今では利用するのが愉しい。たどたどしい日本語が通じるから で、彼らは聞き取ることにも熱心であった。

駅前の広場の先はヤシの並木道で、ロペス通りというらしかった。彼がマニラでダンススタジオへ通う海岸沿いの道を小さくしたような雰囲気である。マニラのそれはロハス通りといって、飛ばす車が多い。海辺なのに潮風よりもガソリンが臭う。十七歳で飛び込んだダンスの世界は出稼ぎが目的の若い男女で溢れていた。才能もへちまもない。うまく踊れるようになれば外国へゆけると気づいた人たちが、人生をかけて鎬《しのぎ》を削るのであった。

「ジョジョ、もっと速く、もっと勇ましく」

彼はよく言われた。体調が悪くても筋肉を痛めていても言いわけはできない。ファイアダンスで失敗して唇を焼いたこともある。だがあきらめなかった。弟妹はまだ小さく、父ひとりの収入で食べてゆくことは不可能に等しかった。スイカやインスタントのココアをご飯の御数にし、朝食のパンにも事欠く生活であった。そこから早く抜け出したい一心で踊り続けた青春であった。十九歳で日本へゆくまで彼は牛乳の味を知らなかったし、ヨーグルトは見たこともなかった。丸々とした林檎や柿は想像を絶するおいしさであった。そのひとつひとつに手に入るかもしれない豊かな生活を重ね合わせた。

歳月が流れて彼の舌もよい味を知るようになったが、牛乳もカツ丼も日本にいる間の贅沢でしかない。外食はためらいを伴う贅沢である。だが今日はユリのために散財するつもりで三万円を用意していた。その何倍も使ってくれた女の気持ちに少しでも報いるためだが、彼には持ち歩くだけでも動悸のする額であった。

街のスーパーでランチにするパンと小さな牛乳パックを買って歩いてゆくと、ユリと待ち合わせたホテルは海の間近にあった。密かな再会にふさわしい小さなホテルである。彼は建物を覚えてまっすぐな通りを見ると、少し引き返して脇道から砂浜へ出てみた。どうしてかそこにはラクダの像があって、白浜の先に美しい海が広がっていた。安房小湊の海よりいくらか緑がかって見えて、波を迎える風紋のビーチは別世界であった。秋の潮風は冷たく、しかし優しく頬に触れてくる。海にウェットスーツを着たサーファーが浮かんでいるのを彼は珍しく眺めた。アシカのような黒い姿は異国の砂浜を歩く男の現実から遊離していて、彼には無意味な挑戦にも映る贅沢でしかない。

「ねえジョジョ、せっかくだから海で遊びましょうか」

「もう寒くて入れないよ」

「じゃあ、ずっとベッドにいよう」

ユリの言葉は慰めであった。いつもそうして軟弱な男を許してくれる。辛い窮屈な現実をいっとき忘れさせてくれるのは彼女しかいなかった。

彼はフィリピン人の女性を知らない。日本にいる間に三人の日本女性と十数回の夜を過ごしただけである。それでも運のよい方だと思う。最後の相手がユリであることにも幸運を感じる。もし彼女と出会っていなかったら恋愛を味わうこともなく、生活のためのダンスに明け暮れた歳月が残るだけである。マイケル・ジャクソンにはなれなかったが、十二度の来日を果たし、一晩に二度、およそ四千三百二十回のステージをこなし、延べ三万二百四十曲を踊り、どうにか中古車を買えるところまできた。それが人生のすべてと言ってよかった。

弓なりの浜の街側に休めそうな小高い砂山が見えたので、彼は歩いていった。秋晴れの空が鮮やかでありながら涼しい。彼には寒いほどであった。広い砂浜に人影はなく、波音も静かでひっそりとしている。歩くうちに息切れがして足が縺《もつ》れたが、波打つ砂地のせいだろうと思った。やがて本当によろけた。

片手に提げていたスーパーのビニール袋が嫌になるほど重たくなったのは突然のことである。寒気がして立ち止まったとき、経験したことのない息苦しさを覚えて彼は座り込んだ。沙漠と見紛う砂丘の裾であった。牛乳を飲めば治まるような気がして袋から取り出したが、うまくストローを刺せない。手も顔も寒いのに汗が流れて、じきに瞼も重くなってきた。だが恐ろしくなることもなく、

「そのうちユリが見つけてくれる」

と喘ぎながら思い続けた。いつもそうしてなんとかなってきた人生であった。

「ジョジョ、もっと勇ましく踊って」

「兄さん、俺やっぱりサウジへゆくよ」

「ジョジョ、母さんが泣いてる、早く行ってやれ」

しばらくして呼吸が楽になると、彼は立ち上がってヤシの木の並ぶ護岸の方へ歩いていった。岸沿いの遊歩道に釣人が出ていて、美しい海を覗くと、シマアジであろうか、黄色い縞のある大きな魚が群れている。近くの木陰に睦まじい男女の釣人が見えたので、寄ってゆくと弟のマリートとビーであった。

「どうだい、釣れるかい」

「最高さ、もう車に一杯だよ」

「いい車だ、大事にすれば二十年は持つ」

彼は言い、ユリを待つためにコンクリートの護岸に腰を下ろした。沖にゆったりと浮かぶ白い客船が見え、足下の海は底が透けるほど澄んでいた。溢れる陽射しと潮の香を愉しんでいると、車の騒音のかわりにコンベンションセンターの方から微かなタヒチアンのリズムが聞こえてきた。彼は無意識に自分の膝を叩きながら、集まってくるカラフルな魚たちのダンスを眺めた。マリートもビーも見ていた。二人は頬を寄せて、今日明日の心配とは無縁の顔であった。ビーの膝にはまだあの本がある。手垢でくたびれた分だけ彼女の心は豊かになって、一日を生きることが愉しそうでもある。わずか数十ペソのための苦痛に怯えることはもうない。彼女は小さく十字を切ると、明るい瞳を上げた。

「ねえジョジョ、ユリはマニラや私たちの暮らしを気に入るかしら」

「もちろんだよ、なんの心配もない」

ジョジョはもうそのあたりまで来ている人を感じながら、新車のように磨かれた車の光沢を愉しみ、美しく光る海を眺めた。やっとユリに自慢できるものがそこにあって、あと少し精を出しさえすれば世界一の幸福が手に入る、そう信じられるところまできていた。

首をまわしてロハス通りを見ると、ひと昔前には考えられない静けさで並木の間を車が流れている。間もなく一台のタクシーが通りから逸れて、誰かを探すようにのろのろと近づいてくるのを彼はじっと見ていた。

言葉さえ知っていたら

上野の美術館へゆく日は朝から晴れて、心も晴れ晴れしい幸代《ゆきよ》は久しぶりにお洒落をして出かけた。少し前に美容院にもゆき、何年かぶりにハンドバッグを求め、財布には一万円札を詰めていた。東京の美大へ通う娘の恵里花《えりか》と、彼女の油絵が入賞した美術展を観るのであった。そのあとレストランでご馳走を食べ、お祝いの買物をし、時間があれば画材店を巡って帰るという贅沢な一日である。

「おとうさんも来ればいいのにな」

駅へ向かうバスの中で恵里花が言い、幸代は仕方なく笑った。幾度も誘ったあとの今日であった。

「お金は連れてきたから、ご心配なく」

「なんなら現金のお祝いでもいいよ」

母親を見下ろすほど背が伸びた娘はまだ子供だが、画才も母親より伸びたとみえて、思いがけない入賞であった。夫の好之《よしゆき》はそういうことに無関心で、休日は休むと決めてなにもしたがらない。寝転んで本は読むが、芸術に触れて休らう人ではなかった。江戸川べりの街に育ち、近くの役所に勤め、建売住宅に暮らして、隣家より少し広い庭に充足している。たまに幸代が静物を描くと、色違いの怪物だね、という口であった。恵里花が美大へすすむときも、喜んだのは幸代ひとりで彼は卒業後のことを案じた。

「女が絵を描いて暮らしてゆける世の中じゃないだろう、母親を見れば分かりそうなものだが、血だろうか」

挫折した幸代に向かってそう言った。しかし母親と同じ道を歩みはじめた娘は将来のことなど案じていなかった。好きだから、あきらめる前にやってみる、ただそれだけのことであった。画家になれなくても画才を生かす職業は結構あるもので、幸代の若いころとは社会も企業も違う時代であった。卒業したらパリに留学するなどと言われたら経済的に困るが、いってらっしゃい、私もあとから行きます、という気持ちで彼女は娘の才能を見ていた。

江戸川の流れから少し逸《そ》れたところにある家は築二十二年の古い間取りと外観だが、増築もできる庭があって画室が生まれた。アトリエと呼ぶには恥ずかしい、採光だけが贅沢なささやかな空間である。恵里花が美術展に出品し、入賞したグラジオラスの絵もそこで生まれた。制作中から幸代はどうかな、と覗いて、画家の目で見てきた。

恵里花の才能はまず構図に表れるが、絵の具を使い出すとどんどん感情的になってゆくところが長所にも短所にも思われた。デッサンのときの冷静な目は失われ、なにを見ているのかと案じられる勢いで塗り潰してゆく。あるときその瞬間に立ち会うことがあって、幸代は怖れを味わった。画家の背後から変わり果ててゆく絵を見つめながら、

「ああよして、少し手を休めてじっくり考えなさい、それ以上塗ったら花が壊れる」

彼女は言いたいのを我慢した。集中力が生む成功も、過ぎるための失敗も分かるだけに却《かえ》ってはらはらするのだった。恵里花には恵里花の表現があるのだから、と何度も自分に言い聞かせたが、やがて完成した絵はグラジオラスには見えない代物で「黄色い夢」という題であった。色価《バルール》はでたらめのうちに生まれた偶然の調和としか思えなかった。

出品するまで間があったので、幸代はその絵の隣にカンバスを並べて自分流の花を描いてみた。大学が休みの日に母親の作業を見ていた恵里花が、

「おかあさん、色を選ぶの、うまいね」

と真顔で言った。

「そりゃあ年季が入っているもの」

「才能あるなあ、これ大学の先生に見てもらおうか」

「馬鹿おっしゃい」

幸代は苦笑したが、現役の美大生に誉《ほ》められて気分の悪いわけがなかった。まだ描くことに未練があるからだろう。母と子の二つの絵は異質のものであったが、負けているとも思えなかった。彼女にとって娘の作品の美術展入賞は親の喜びであると同時に、夢のなごりを味わう契機にもなったのである。

さわやかな秋晴れのせいか、上野公園には人が出ていた。上野も久しぶりなら、美術館も数年ぶりであったから、幸代はなにかそわそわしながら都会には珍しい森の道を歩いていった。美術館の前までくると、一般客が何人かチケットを求めていたが、よそほど混んでいない。海外の名画を展示する特別な美術展とは魅力が違うのだろう。それでも幸代は誇らしい気持ちであったし、恵里花も自身の絵を美術館で観るのは初めてのことで興奮していた。

「間違いだったら、どうしよう」

と彼女は言って、柄にもなく肩をすぼめて母親のあとについてきた。ほかの作品を鑑賞する前に「黄色い夢」を確かめたいと思うのは幸代も同じであったから、ふたりは彫刻の部を素通りして絵画の展示場へ向かった。絵はどれもゆったりとしたスペースに品よく飾られていた。

「ありましたよ、ほら」

「おう、ええんでねえかあ」

「なんですか、大きな声で、受賞者らしくしなさい」

絵の前に立つと恵里花は見飽きたはずの細部に見入って、しばらく動かなかった。広い壁に掛けられた絵は家の狭い画室で見るときと違って、張りつめた空気の中に仄《ほの》かな芸術の匂いが漂う。娘はここまで見ていたのかと幸代は感心するやら疑うやら、揺れる気持ちで眺めた。それはやはり花ではなく「黄色い夢」であった。

至福のあと一時間ほどほかの絵を観てまわり、最後にもう一度「黄色い夢」を観てからふたりは美術館を出た。ちょうど昼食によい時間で、幸代は公園内にある中華楼でも恵里花の好きな鮨でもよかったが、訊《き》くとフカヒレで一杯なんてどうかねという返事であった。

中華楼は不忍池《しのばずのいけ》のほとりにあって、立派な木立に囲まれていた。店内はすでに混みはじめていたが、女ふたりにほどよい席に案内されて、水が運ばれてきた。ふたりはそれぞれ好きなものを選んで注文し、恵里花は老酒《ラオチュー》ももらった。幸代は酒が強い方ではないが、祝杯なら付き合うしかない。よいものを観たあとの興奮が彼女にもあって、気が大きくなっていたようである。

「あなたの絵もよかったけれど『静夜』という絵に新しい画風を感じたわ」

「あの画家は変人よ、描くものと人間がまるで違うの」

「画家にはそういう人もいるわね、芸術家を気取って富を求める人もいるし」

ふたりはご馳走をご馳走らしくおいしく食べて、思い出に残るであろう日の雰囲気を味わった。大きな図体に合わせて老酒を飲む恵里花は酔う気配もなく、家では見せない微笑を浮かべていた。顔色も胃袋も健康そのものであったし、先行きを案じる繊細な神経の持主でもなかったが、

「美術展に一度入賞したくらいで、食べてゆけると思ったら大間違いですよ」

幸代は効き目のなさそうな忠告をした。

「分かってます」

「ほんとに分かっているの、あなたはのほほんとしてるから心配ですよ、だいたい老酒なんてどこで覚えたの」

「大学の先輩とホテルで一杯やったことがある、言っとくけど一発じゃないよ」

「なんという言葉です」

顔を赤らめたのは幸代の方で、恵里花はどこ吹く風であった。自分の娘が別世界に生きているのを感じるのもこんなときであったが、幸代は口を酸っぱくしない。口ほど乱れていないことは分かっている。同世代の人間に囲まれて小さな世間に泳ぐ娘の言葉の乱れはとめようがなく、大人になるのを待つしかないらしかった。

贅沢な昼食は興奮と笑いを交えながら、愉しいうちに終わった。次の目的の買物に

出かけるために店を出ると、午後の公園は陽射しが眩しいほどであった。通りは相変わらずの人出で、道端に休む人もいる。園内には芸術を鑑賞できる施設がいくつもあるし、近くに動物園もあるからだろう。

「どこのデパートがいい」

「どうせなら銀座かな、同じ予算で秋葉原という手もある」

「どっちにするの」

ふたりは言い合いながら広い通りに出た。そのまま駅へ向かって歩いていたとき、不意に恵里花が立ち止まったのは道端で絵を描く人を見たからであった。幸代を呼び止めた彼女は、おもしろそうだから見てみようかと言った。見るとホームレスらしい人が地べたに座り込んで、スケッチブックにクレパスかなにかで絵を描いている。脇に「一枚二百円」と記したスケッチブックが通りに向けて立てられていた。

「二百円なら買ってもいいね」

恵里花が誘うように言ったが、幸代は目を伏せていた。見窄《みすぼ》らしい身なりの男と目を合わせてはならないと思った。

「面白半分で見るのはよしなさい、画家に失礼ですよ」

「だって売ってるんだから」

「よしなさい、行きますよ」

彼女はさっと歩き出しながら、皮肉な出会いの苦さを味わっていた。選《よ》りに選《よ》って
こんなところでと恨みながら、男も気づいたのではないかと怖れた。激しい動悸に
抗《あらが》いながら逃げるように公園を出るまで、追ってきた娘の顔も見られなかった。

国分寺のアパートに暮らして武蔵野の大学へ通っていたころ、幸代のまわりは明るい色彩に満ちていたが、財産は布団と画材だけという貧しさであった。信州の小都市から出てきて土地勘もなく借りたアパートは古く、ガス焜炉《こんろ》がひとつきりの台所で炊事をし、キャベツと魚肉ソーセージばかり食べていた。冬の暖房は炬燵《こたつ》か石油ストーブで、空調機は贅沢品であった。もっとも当時の美大生には珍しくもない暮らしで、なにより夢があったから、彼女は乏しい画才ほど生活を苦にしなかった。親からの仕送りと季節のアルバイトでどうにか暮らせたし、同世代の女性がほしがるものに興味はなかった。ただひたすら画家になりたいと念じていた。

才能を感じる学友は大勢いたが、彼女は二年先輩の島公彦《しまきみひこ》の奥深い絵に惹かれた。もう画家と言ってもよいほどの完成度で、色彩の確かさには成熟すら感じた。油彩なのに彼が描くとごてごてしない。そうかと思うと大胆に対象を崩したり、空間を凝縮してみせたりもする。才能が遊んで自在なのであった。

「色遣いが絶妙ですね、どうしたら島さんのように描けるのでしょう」

あるとき幸代は訊いてみた。

「基礎さえできていたら、絵は巧いも下手もない、ものによっては基礎すらいらない」

「大学で学ぶ必要もないように聞こえます」

「本当はそうだろう、好きなように描けばいいのさ」

彼は言った。才能と自信が言わせる言葉であった。大学で学ぶまで幸代はそうしてきたが、島のようにはならなかったし、求める画法すら摑《つか》めていなかった。

「画法で悩むより、なにを描きたいかが先決だろう、どう描くかは対象を見つめていれば分かることだ」

文化祭の共同制作をきっかけに親しくなると、彼はいろいろ教えてくれた。最も衝撃的な教示は肉体のいろはで、教室は三鷹の彼のアパートであった。すでに恋心が芽生えていた幸代は優しく教えられるまま男の肉欲に呑まれて、あっさり女になっていった。それが嫌でもなく、衝撃をやり過ごすと淡い幸福感を覚えて、こんなものかと思った。その日から互いのアパートへ行ったり来たりするようになるまで長い時間はかからなかった。

幸代は好きな絵のそばに好きな人といる学生生活を愉しんだが、島が先に卒業してゆくと、彼の生活の不如意は彼女の問題にもなった。島が画業に専念して働かないからで、貯えも底が見えていた。あるとき彼はアルバイトのつもりで装幀家の助手という仕事を見つけてきたが、先方が求めるものと片手間の彼の希望が合うはずもなく、すぐに辞めてしまった。絵を描いて生きてゆこうとする人間に絵を利用するデザインの世界は窮屈であったかもしれない。しかし収入のないまま絵を描くことは飢えて死ぬことであった。

生活が先というぎりぎりのところまできて、彼は先輩の画塾を手伝いはじめた。それも不本意なことであったが、どこかに勤めるよりはましであった。安定した収入のために美術教師になれる人ではないし、創作をあきらめる年齢でもなかった。彼は幸代に貧しいことは苦にならないと言いながら、金のなさは苦にした。僅《わず》かな収入は家賃にもならず、画材を買えないために一枚のカンバスは繰り返し使われた。腹の足しにならない絵を質屋に持ってゆくと、よくて千円であった。それでいて彼の目は日本の画壇どころか世界を見ていた。

やがて幸代も卒業し、親の援助の終わるときがきた。彼女にも絵をつづける夢があったから、融通のきく小さなデザイン研究所に勤めた。しかし給料は女ひとりの暮らしを維持するだけで消えてゆき、贅沢はできない。勤めてみて幸代は却って生きてゆくことの厳しさを知ったが、島は当座の生活保障くらいにしか考えていなかった。

「アパートを二つ借りる意味がない、生活をひとつにしよう」

あるときそう言い出して、彼らは荻窪の少し広いアパートに移った。その一室を画室にして、美術展の入賞を目指すのであった。幸代は彼の才能を信じていたから、いつかお釣りがくると思った。彼の飛躍に立ち会うことは彼女の励みでもあった。しかし現実はそうたやすくなかった。

島は年下の女に養われても平気な男だったが、自分の絵を評価しない画壇には懐疑的になっていた。公募の美術展に次々と自信作を出品しながら落ちつづけ、欠点すら指摘されないことに苛立《いらだ》っていた。画家の誰もが通る道であったが、納得がゆかない。最も我慢がならないのは力のない凡庸な作品が脚光を浴びることで、受賞作を観ると、彼らの目は節穴だと罵《ののし》った。やがてそれも観なくなってしまった。かわりに直接画商へ持ち込むことを考え、同窓の縁故を頼り、画廊を巡り、個展の交渉をした。無名でも絵が売れれば現金が入る。運よく画商と親しくなれたら道は開けると考えたらしい。

星まわりのよい年があって、とんとん拍子に個展の話がまとまり、開くと思いのほか売れゆきがよかった。ふたりは祝杯を挙げた。

「こうして人目に触れればどうにかなる」

「分かる人がきっと大勢いるわ」

「どんどん描くぞ」

島は覚醒したが、幸運は少しもつづかなかった。個展の話は消え去り、画廊の応対も冷たくなると、理由が分からないだけに彼の落ち込みようは怒りを孕《はら》んで危険であった。

「そんなに自分を追いつめないで、よいものを描いていればなんとかなるわ」

「学生みたいなことを言うな」

本気で言っているのではないと分かっていたから、幸代は時間が癒やすのを待った。けれども島の顔は陰々としてきて、彼女が休日に絵を描くと、

「いいね、質屋で八百円だ」

などと憎まれを言った。

絵描きが絵を描いて暮らせないことほど苦しいこともないだろう。理想を追いかける魂の燃焼も、その結晶も、観る人がいなければ手慰みにすぎないからであった。同業の中には山里に隠棲して超然と暮らす人も、精神的に零落《おちぶ》れてゆく人もいる。幸代は島の絵を芸術と呼ばれてよいものと見ていたし、ある意味では彼よりも成功を信じていた。

島には似たような境遇の知人があちこちにいて、十人展をやろうという話もあったらしい。絵の搬送費や会場をどうするかという問題は貧しい彼らには大きな壁で、赤字に終わるようではやる意味がなかった。その前に新しい絵を溜めなければならなか

ったが、島は仲間とつながることに充たされて、あまり描いていなかった。幸代が勤めから帰るといないことがあって、どこでなにをしているのか分からない月日があった。彼は仕事を探していると言った。

不意に信州から幸代の父が訪ねてきたのはそんなときである。東京に用事のできた父は驚かすつもりだったらしい。娘のアパートに泊まるつもりでやってくると、男がいた。父はすぐに察して、先のことは考えているのかと問《と》い質《ただ》した。男と女が一緒に暮らしながら家庭の匂いのしない部屋であったから、汚らわしい空気を感じ取ったのかもしれない。

幸代がふしだらを詫びるそばから、島が、

「食べられるようになったら結婚します」

と繕ったが、父が夕飯も食べずに帰ってゆくと、彼も出ていった。息苦しくてかなわない、あとになってそう言った。

生活の乱れは絵にも表れて、彼の描くものは平凡になっていった。あるとき幸代を裸にして描いたが、途中でやめてしまった。

「すまない、光がよくない」

そう言いわけする男は独特の色彩を失っていた。美術展で落選した絵の方が生き生きとしていたのを思い出すと、幸代は危機感を覚えて外で描くことをすすめた。それでなくても陰々とした狭い画室で生まれる絵には限界がある。このままでは駄目になると思い、旅でもしてきなさい、と彼女は金を渡し、彼は画材を抱えて出かけた。

幸代は勤めながらもこつこつと絵を描いていたが、島という現実を見るうち、自分の力量で画家として立つことは不可能に思えてきた。それでも描いている時間が好きであったから、観てくれる人がいなくても一生描きつづけるだろうと思った。デザイン研究所の仕事もそれなりに愉しくなっていたし、それとは別に依然として島の才能を愛していた。だから貧しいままの将来を覚悟しても、彼のいない人生を考えたことはなかった。

そういう女の思いも島には重くなっていたのかもしれない。堕ちても、荒れても、飛躍する日を遠くに見ている男であった。またそれくらいの気持ちがなくては幸代も尽くす甲斐がなかった。ただ心の屈折した男は手段を選ばなかった。

冬のある日、彼はいつになく激しく幸代を愛した。意識を失いかけた彼女を女体として優しく扱い、深い眠りにつかせた。あとから思うと、お別れの契《ちぎ》りであった。次の日、彼は日本海を描いてくると言って出ていったきり戻らなかった。

連絡のとりようもなく幸代は荻窪のアパートで待ちつづけたが、まさか五年もかかるとは思わなかった。張り合いのない孤独な歳月のあと、彼女が耳にしたのは島が関西の画商の娘を孕《はら》ませ、結婚し、離婚し、パリへ飛んだという噂であった。たぶん事実だろうと思った。もう終わりにしなければならないと考えた彼女はアパートを引き払って、都内の川べりの街に暮らした。島を忘れなければならなかったし、疲れてもいた。人との微《かす》かな縁が縁を呼んで、地方公務員の男と結婚したのはそれから二年後のことである。島とは求めるものの違う平凡な人で、なんの心配もない家庭が生まれたが、かわりに苦しくても燃えるような女の歓びを失うことになった。

水曜日の朝方、夫の好之がパンとコーヒーの食事をとりながら、今日は遅くなるから夕飯はいらないと言うのを聞くと、幸代は麻雀だろうかと思った。たいていは役所の仲間と週末にするのだったが、たまにそういう日がある。付き合いといえば麻雀かゴルフで、なにもなければ六時には帰宅する人であった。

「麻雀なら、資金がいりますね」

「いや、夕方から市議宅の通夜へまわる、終わったら同僚と飲むことになっている、なあに愚痴ばかりのくだらん飲み会さ」

彼は言い、朝から旺盛な食欲で皿の卵やベーコンを片付けていった。そのうち恵里花が起きてきて、おかあさん、私も目玉焼き、と言いながらインスタントコーヒーを淹《い》れるのもお定まりの光景であった。

やがて出勤する夫と大学へゆく娘を送り出すと、幸代は思い切って東京へ出かけた。もう一度上野公園を巡って島を確かめるつもりであった。土曜日からずっと思いつめていたものの、このまま忘れてしまうという答えにはならなかった。路頭で絵を売る男を見てしまったからには、なにかしらしなければなるまいと思った。

もし会えたら渡すつもりで彼女は五万円の寸志を用意し、美大時代の友人が経営する大道具の製作所の住所を記したメモをバッグに入れていた。臨時の仕事があるかもしれないからであった。それも無理なら彼の描くものを確かめ、一言二言でも言葉を交わすことができたら、それでよかった。流れた歳月のお蔭で、もう心から憎んでいないことを知らせてやりたいこともあった。

秋らしく街は冷えていたが、美しく晴れた空が眩しいほどであった。上野公園は相変わらずの人出で、平日のせいか女性や熟年夫婦の姿が多い。彼女は連れ立つ人たちに紛れながら、土曜日に島を見かけた中華楼のあたりを少し離れたところから見てみたが、道端に座る人もホームレスらしい人影も見えなかった。地面に立てたスケッチブックが目印になるので、それも探しながら歩いてゆくと、人の流れは印象派展の美術館や奥の国立博物館へ向かっているらしかった。

木立の多い公園にはところどころに秋の色が映えて、寄り添いながら目をやる夫婦の姿が微笑《ほほえ》ましい。草色というだけで島の服装を思い出せずにいた彼女は落ち着くために立ち止まって、美術館の物陰からあたりを見まわした。館の前にはチケットを求める人込みができていて、観終えて出てくる人の流れと交じり合う。絵を売るには少し離れたところがよかろうし、通行の邪魔にならずに人が足を止められる場所でなければならない。広い公園にはそんな場所がいくらでもあったが、彼女の知る島なら逆に人群れを嫌うかもしれなかった。

ひとりで立っていると却って目立つような気がして、彼女はまた歩きはじめた。島に会うためにきて隠れるような真似をするのもおかしなことであったが、自分から先に見つけなければ落ち着いて歩み寄ることもできない気がした。互いに若さをなくした顔を合わせて、男はなにを言うだろうか。パリへ行ってきたよ、と皮肉な口をきいたら、ぞっとしない再会である。彼女は意味もなく笑うか、うなだれるだろう。それからなにをするか知れない自分が恐ろしくもあった。すると、会えずに帰ることもひとつの成果であるように思えてきた。

落葉の季節にはまだ早いが、道端には枯葉が溜まり、ときおり騒ぐ音が冷たい。どの通りにも大木が枝を伸ばして、森から外れた樹はそのまま街路樹のように立っている。そんな樹がいくつもあって、夏なら涼しい木陰になるであろう道《みち》の辺《べ》に休む人もいた。小さな人垣があると、彼女は歩いていって画家が座っていないかどうか確かめた。

国立博物館の広場を見てから動物園の方へ向かってゆくと、道はいくらか細くなって人通りもまばらである。途中の美術館と中央の広場をつなぐ枝道はさらに狭く、ひっそりとしている。まさかこんなところにはいまいと思いながら、歩きはじめて間もなく幸代は目を見張った。立てたスケッチブックと道の窪みに座る人影が見えてきたのである。

向かいにプランターの花壇があって、男は花を描いているようであった。赤いコスモスの花壇であったが、クレパスでは彼の色にはならないだろう。彼女は立ち止まって、束《つか》の間《ま》遠くにその人を見ていた。草色の半コートに身を包んだ島であったが、走ってきたように動悸がして、うまく歩いてゆけそうになかった。するうち後ろから人がきたので、彼らのあとから歩いていった。

男は誰であれ人を見なかった。近づいても顔を上げない。痩せて髪が薄くなって、コートの襟が汚れている。クレパスの絵は島公彦とも思えない凡庸さで、幸代の目には淋しいものであった。通りがかりの体《てい》で足をとめると、その足が震えて、舌もしどろになった。

「あの、いま描いているのをください」

見つめ合う瞬間を思いつめていながら、唇からはそんな言葉しか出なかった。

「二百円です」

島は低い声で言い、スケッチブックから切り離した絵を丸めて両端をホチキスでとめていった。幸代は二百円を渡した。

「ありがとう」

と彼は下を向いたまま呟《つぶや》いた。短い抑揚のない声は社会の一切を遮断する意志にも、落魄者《らくはくしゃ》の意地にも思われた。目を伏せて木箱のクレパスを選ぶ顔は青黒く、頑《かたく》なに才能を信じていたころの面影はない。ひたすら暗い濁りに沈んでいる。生きてしまった歳月と、夢のなごりと、失意とが、その上に重なる。なにか言わなければと思いながら、なにも言えずに幸代は歩き出していた。感情だけが重くたゆたい、言葉は遠くなっていた。広場へ出てから振り返ると、男はまた同じ姿勢でコスモスを描いているだけであった。

互いの存在を忘れて生きてきた女と男の再会などこんなものかと思いながら、彼女は肩をすぼめて歩いた。道の木立も人影も霞んでゆくのを感じながら、せめて寸志を渡すのだったと悔やんだ。そうしていたら彼は顔を上げて、なにか言ったろう。私が誰か分かりますか、さあ、と言われたら、それはそれで別れの完了形である。皮肉に笑うこともできたし、目に涙を溜めて罵ったかもしれない。彼には屈辱であれ、励ますこともできたであろう。だが肝心の言葉が出てこなかった。

虚《うつ》けたまま電車とバスに揺られて家に帰り着くと、彼女は画室へ入っていった。白分を取り戻せそうな場所はそこしかなかった。

昼下がりの画室には陽が射して、奔放な娘の色彩が遊んでいる。自分のイーゼルのカンバスに画鋲で島の絵をとめて、あまりの味気なさに青ざめながら、彼女は絵の具とパレットナイフを持ち出した。島の絵が彼のコスモスになるようにクレパスの上から色をつけてやるのであった。恵里花が帰る前に、画家の端くれとしてそうしなければならないと思った。

花は花心を残して赤く塗られた。葉と茎は黒く染まった。島の絵に近づけるために、彼女はさらに色を塗り重ねた。クレパスの黄色い花心が目障りになって赤くするうち、空間すらいらない気がした。黒を入れ、また赤を重ね、衝動から花を青く縁取った。花心が盛り上がり、花弁が燃えてゆく。彼女は息を弾ませながら、失って久しい陶酔を味わっていた。塗り潰すのは凡庸な日常であり、取り返しのつかない歳月であり、哀れな画家の幻影であった。

やがてコスモスは赤々と燃えはじめた。どうして出せたのか、絶妙に激しい妖艶な赤であった。技術を捨てて感情で描いた花は彼女の分身であったが、一流の才能が描く永遠の花にはならない不幸があった。そこに島の挫折の原因を見ながら、彼女はやはり懐かしい気がした。

この絵を見て画家の心境を見破るものがいるとしたら、恵里花だろうとも思った。

娘に知られたくないという本能的な思いから彼女は時計を見たが、まだ二、三時間のときが残されている。どのみち安紙に押しつけた油彩は長い命ではない。通夜から飲み会にまわる夫が見ることもないだろう。彼女は存分に見てやるために、むかし島がそうしたように壁に絵をとめて眺めた。女に化けた花には燃えるような生命力が生まれて情念を感じさせたが、愛情が見えれば美しく、恨みが見えればえげつない絵である。彼女はそのどちらにも終わりを感じながら、若い日の血潮を見るうち、島も自分もこういう絵を描くことは二度とあるまいと思った。

そうね

　春先の朝早く出勤する父の修造を玄関へ見送りに出た琴未《ことみ》は上品なスーツの背にブラシをあてながら、丁寧に履き古した靴とくたびれた中折れ帽に気づいた。下職《したしょく》として銀座のテーラーに勤めてスーツやシャツを作る父は滅多に客の前に出ないが、身なりに厳しい店主の目に見張られている。定年後の再雇用という身分で安く使われながら、することは正社員と変わらない。職人の父はそのことに満足していた。仕事がなくても保証される最低賃金をありがたく思い、今の暮らしを維持することに汲々《きゅうきゅう》としている。それ以上は望まないし、望めない待遇でもある。

「靴も帽子も、そろそろ替え時ね」

　琴未が口にすると、

「いや、まだいけるだろう」

　予期した通りの返事であった。

　自分の店を持っていたころの父は体力もあって勤勉で、家庭も遊びも後まわしにしてひたすら働いた。長年の夢でもあった店はそれなりに繁盛し、よい客もついていたから、物思いに沈む暇すらなかった。職人は父ひとりで、姉さん女房の母が助手であった。

琴未がまだ学生のころ、夫婦の夢の店は新宿に生まれた。小さな雑居ビルの一階で、あたりには洋服屋が並んでいたが、生地から仕立てるのは父の店だけであった。当時早稲田にあった家から父と母は出勤し、帰宅は夜遅くなるので、琴未は鍵っ子であった。夕食は八時過ぎが当たり前で、三人ともそういう胃袋になっていた。定休日の晩は母の手料理が出るが、普段は店屋物《てんやもの》かデパートの弁当ですますことが多かった。

「野菜不足ね、明日からサラダを作るわ」

「その前に野菜を買わないと」

「言い出しっぺに働いてもらいましょう」

話し好きの母はなんでも話題にし、寡黙な父は聞くことを愉しんだ。

新宿の店で客の応対をしても父の口数は少ないが、客の要望を寸法に置き換えてゆく確かさは一流であった。母は勧め上手で、客に女性の連れがいればそちらの好みを訊くことも忘れなかった。父はそこまでしない。だから二人で接客するのがちょうどよかった。

店の繁盛には母の雰囲気も貢献したかもしれない。淑《しと》やかな見た目とほどよいお喋

りが母の魅力で、その話術にかかると大抵の客が気をよくする。決断を促すときの笑顔もひとつの才能で、

「とてもお似合いになります」

そう言われた客は高い生地よりも自分に自信を持つのであった。

テーラーは誰でも腕前とセンスを自負するものだが、父は他者から学ぶことにも熱心であった。よいものと見たら、わざわざ購入して分解することもあった。自分の知らない技術や工夫が隠れていると思うと、彼は我慢できない。客の望みは自分の義務で、ボタンひとつのために奔走した。

「私より商売、商売より技術に惚れてる」

と母は笑った。店があって、好きな仕事ができて、それなりに裕福であることは生きることの危機感を麻痺させていた。琴未は家庭の味に飢えるかわりに好きな将来を選べたし、ぐれない限り恋愛も自由であった。

「どうせならスーツの似合う男にしなさい」

父の注文はそれだけで、琴未が普通の娘でいるならそれでよいという人であった。ひたぶるに働いて一流の服を作ることが父にとっては生きることであったから、人生について深く考えることや悩むことはなかった。お喋りな母もそういう話はしなかったし、それが普通の親だと琴未も思っていた。

高校生のとき、一度だけボーイフレンドを店に連れていったことがある。思春期丸出しの、くだらないお喋りしかできない男で、仕事モードの父と母を前にすると黙ってしまった。緊張して棒のように立ったままなので、

「まだ背が伸びそうねえ、四年後にスーツを作りにいらっしゃい」

母があれこれ言って間を持たしたが、五分後には店を出ていた。

「あの子は感心しないわね」

あとで母が言い、

「これからどう変わるか分からないさ」

父はかつての自分を見ていた。

「あれで来島《きしま》くんは持てるのよ」

琴未は彼の気持ちを摑んだことに満足していた。喫茶店での長いお喋り、新宿御苑の散策、夕暮れの木陰で口づけという一日は悪くなかった。

彼女が大学を卒業するまで商売はなんとかうまくいっていた。いつの時代にも高級品に目のない人がいて、大卒の初任給が消えてしまうスーツを作ってくれる。父は顧客を摑んで忙しい一日を繰り返していたが、活気はすでに終幕のもので、小さなテーラーが次々と消えてゆく時代の幸運な生き残りに過ぎなかった。

やがて一万円でスーツの買える時代がくると、購買層のブランド志向もあって店は

閑散としはじめた。起死回生の秘策はない。それでも父は客を待ったが、あきらめて店を畳もうと母が言い出した。凋落《ちょうらく》から二年が経っていた。

生活につまずきがくると、琴未が商社に勤めていることが救いになって、一家はどうにか持ちこたえた。他に能のない父は老舗のテーラーに雇ってもらうことを考え、母は家事とアルバイトに専念した。父も母も遊ぶことを知らずに働き、夢の山に遊んだ結果の滑落であった。

運よく父が銀座のテーラーで働けることになったとき、最もほっとしたのは琴未かもしれない。潰しの効かない人であったし、困難を笑いに変えるおおらかさも融通性もなかった。しかし人に使われる立場になると好きなようにはできない。その店の遣り方の中で腕を振るうしかない。父は愚痴も言わずに勤めたが、日に日に枯れてゆき、日常的に人生の悲哀を思う顔になっていった。

「時代のせいにしてもはじまらない、私という人間の中身がお粗末なのだから」

あるとき彼は言った。生きることと洋服を仕立てることが同じ比重の長い歳月を送った末に、自分という人間に世界を論ずる教養や人間的な深みのないことに気づいたときは手遅れであった。

「コスモポリタンのつもりでいたが、とんでもない、一皮剝けば世間知らずの職人というわけだ」

そう独語して、膝に置いた指を眺めた。もともと口の重い人であったから、妻や娘に心のうちを語ることはまれであった。なにかあると母が決断するか、父を誘導するかして決めてゆく。父は自分の考えを言うのにもためらい、気を遣い、土壇場へきて仕方なく口を開く。そんなふうだから、仕事は几帳面にこなしても人生を仕立てることはできない。

その朝も彼は逡巡していた。黙って上着の肩にブラシをかけさせながら、きっかけを待っているのが琴未にも分かった。やがて靴を履き、帽子を被り、玄関ドアのノブに手をかけてから、半身になって切り出した。

「おまえの方でなんとか前借りできないか」

「そうね、訊いてみます」

琴未は言い、ほっとして出かけてゆく父を玄関先から見送った。古い建売住宅の並ぶ通りを、ひどく遅く、通勤する人とも思えない歩調で、その姿は遠ざかっていった。もう体の一部と言ってよい、フェルトの中折れ帽が歩いてゆくようでもある。毎朝同じ姿を見ていながら、これから満員電車に乗り込む人を思うと、彼女はたまらない気がした。上等のスーツは揉みくちゃにされ、靴も踏まれるだろう。帽子も無事にはすまない。銀座に着いてから、彼は携帯する小型ブラシやクリーナーで身ぎれいにするに違いなかった。そしてそのころには出がけに言ったことも忘れてひとりのテーラーになるのであった。

家の用事を終えた昼下がり、病人を見舞うために小岩の家を出ると、季節にしては案外な陽射しであった。アスファルトの道にブロック塀が続いて、草木といえば人家の植込みしかない通りなので花は見えない。たまには見舞いの花でもと思い、琴未は駅の近くの花屋に寄ってみたが、母の好きな赤い花がないのでよしてしまった。

なんの前兆もなく、母の文子《あやこ》が脳梗塞で倒れてから一年余りが経つ。救急車で運ばれた病院にいられたのは二ヶ月で、腎臓の疾患も見つかったので療養型医療施設へ移るしかなかった。しかしどこも数百人の順番待ちが普通で、ここならと思う施設へすぐに入ることは不可能であった。そういうことの苦手な父に代わって琴未が東京中を探しまわり、どうにか見つけたのが今の病院である。巡り巡って川向こうの病院が受け入れてくれたのは運がよかったとしか言いようがないが、彼女は家事と、父の世話と、病院通いのために仕事をかえることになった。

荒川の堤の近くにある病院の三階からは河川敷の運動公園が見えるが、四人部屋の病人はみな同じ病で、母のほかは寝たきりの人たちであった。五年も同じベッドに暮らしながら、見舞う人のいない老人もいる。窓の外の歓声も聞こえず、晴れた日の川を眺めることもなく、ひたすら奇跡の瞬間を待つのであった。琴未にはそう見えてならない。

母はまだ口をきけるものの、常に話せるわけではなく、言うことも正気なのか空言《そらごと》なのか分からないことが多かった。父の身のまわりを細かく心配しながら、自分がどこにいるのか分からないこともある。

「私はだれ」

「琴未」

「じゃあ、かあさんの娘はだれ」

「私」

そう答えるときの瞳は子供であったし、

「全部、分かっていますよ」

と言うときの憂い顔は女であった。琴未は半分信じ、半分疑った。しかし彼女が見舞うと喜ぶことは間違いなかった。

「ああ、やっときた」

その日は病室のドアを開けた途端に刺々しい声が聞こえた。ほかに言葉を口にする人はいないので、個室に近い静けさである。いつになく調子のよい母を感じて、笑顔を作りながら窓側のベッドへ寄ってゆくと、病人はしっかり目を開いて待っていた。

女の肉が落ちて、手足がむくみ、肌も荒れているが、

「遅いじゃないの」

と言った表情は生きていた。

左半身が使えないので自力で立つことはできないものの、車椅子から荒川の景色を眺めるくらいの気力はあって、

「ご機嫌ね、いい夢でも見たの」

琴未が言うと、薄く笑った。珍しく芯から目覚めているらしく、お腹がすいた、プリンが食べたい、お風呂がぬるい、新しい介護の人が優しくない、今は春か、縫いぐるみの熊がほしい、ということを西瓜の種でも吐くように次々と口にした。

ちょうど回診の時間で、ベッドの脇の物入れを片付けるうちに医師と看護師がやってきて、いつもと変わらない説明をした。

「お帰りになる前にステーションに寄ってください、ちょっとご相談があります」

看護師の女性が言い、清算だろうかと琴未は思った。忘れていたわけではないが、先月の不足分をまだ払っていなかった。

「ベッドに縫いぐるみを置いてもよいでしょうか」

「小さいものなら、かまいませんよ、よく会いにこられて、お母さまは幸せですね」

医師は言った。入院から一月《ひとつき》も経つと、身内の誰も会いにこなくなるのが普通なの

であった。

「生きてこの病院を出た人はいますか」

琴未はいつか訊こうと思っていた言葉を呑み込んだ。今日の母はしっかり聞くかもしれないからであった。かわりに辞儀をして医師と看護師を見送った。

ベッドの脇にスツールを置いて座り、母のむくんだ足を擦《さす》ってやると、ああ、いい気持ち、と敏感な反応であった。するうち動かないはずの左足の指がぴくんと動いて、母が言い出した。

「お父さんひとりでお店は大丈夫かしら」

「新宿のお店のことを言ってるの」

「そうよ、ほかにお店はないでしょう」

混濁した記憶のある部分で、病人は覚醒することがあった。

「新宿のお店はもうないのよ、お母さんが頑張って畳んだじゃない」

「そうだったかしら、もしそうなら、お父さんはなぜきてくれないの」

「銀座のテーラーに勤めていて、あまり休めないの、この間きたときはお母さんが寝ていたし」

「昔からタイミングの悪い人だった、一度なんか私がデートしているところへ現れて、いきなり結婚してくれって言ったの、デートは台無しだし、人には変な目でみられるし」

　母は思い巡らす顔になって、じきに遠い記憶の断片を語りはじめた。

　若いころから仕事も女性も、よいとなるとそれしか目に入らなくなるのが父で、母はそういうところが好きでもあったが、随分困りもしたという。結婚を決めたとき、母は父の夢に乗り、意義深い人生を期待した。父の語るテーラーの仕事は何か尊いものに聞こえたし、二人三脚で目指すゴールはいくらでも大きくなるように思われた。普通の会社勤めにはない喜びと苦労が、人生を豊かなものにするはずであった。

「でも、あるとき分かったの」

　母は自嘲するように話した。

　父には見栄っ張りや遊び好きな人の軽さがないかわり、実直すぎてつまらないところがある。夢を抱きながら冒険ができない。困難を前にすると黙り、感情を口にしない。ひとり職人の穴蔵へ還ってゆく。物事を突きつめて考えることが苦手で、働くことでしか自分を人に見せない。そうして鬱憤や焦燥を溜め込んだ挙げ句、とんでもないことをするのだという。

「あの人、浮気をしたことがあるの」

「まさか」

「本当よ、新宿のバーの女で、悔しいけど可愛い人だったわ、テーラー仲間の勉強会と偽っていたの、それもうちの店のすぐ近くで」

病人とも思えない口調で述懐する母を琴未は信じられない気持ちで見ていた。病による妄想ではないかと思った。しかし母は父への恨みを言葉だけでなく顔にも出していた。

商売に翳りの見えてきたころ、なにをやってもうまくゆかず、夫婦で萎《しお》れかけていたときがある。母の気持ちはもう閉店へ動いていたが、父はあきらめきれずに立ち止まったまま夢の続きを見ていた。続けるほど赤字が膨れてゆく中で、やがて仕立てるものもなくなると、彼は転業した先輩のところへ相談にいったり、デパートや安売りの紳士服店を巡ってみたりするようになった。一日を凌ぐだけの仕事もない職人ほど弱々しく、あてどないものもない。そのうち家に帰るのもつまらなくなったらしく、あれこれ理由をつけて夜の街をぶらついた。酒は飲むが強くはなかったから、どこであれ長尻はできない。

あるとき父の跡をつけた母が見たのは、交番の前に立っている三十代の可愛らしい女であった。そこからまっすぐ日曜日のホテルへ二人は消えてゆき、父は夜遅く帰宅した。

「そういう時期があったのをあなたも覚えているでしょう」

言われてみると琴未にも思い当たる夜があった。家にお喋りな母と二人でいながら、話の弾まなかったことを覚えている。だが父のいない時間に不安や危機感はなかった。

浮気を知った母はどうしたのであろうか。琴未は動揺しながら好奇心を覚えた。

「しばらく放っておいてから離婚を切り出したわ、そしたらあの人、締《し》め鯖《さば》みたいに青ざめてあっさり浮気をやめたの、そういうところがまた情けないのよね」

「ただの浮気でよかったじゃない」

「どうかしらね、仕事では浮気もできない人なのに」

母はベッドの上で皮肉になっていた。肉体が病むほど心のありようも歪んでゆくのだろうか。琴未はいつになく言葉の多い母に、話せるときに話しておこうという病人の理性と焦りを見る思いがした。しかし聞いたところで何をできるでもなかった。

話し疲れたのか母が目を閉じると、琴未は帰る支度をした。ナースステーションに寄ってたぶん不愉快な話を聞かされ、どうにもならないことを考えながら駅まで二十分は歩かなければならない。デイパックに僅かな洗濯物を詰めていると、見ていた母が、

「お父さんをあの女に会わせないで」

と言った。

「とっくに終わったことでしょう」

「お父さんのような男は何を考えているか分からない、ずっと心の奥に思いを溜めて

いたりするから」

「そうね」

彼女は頼りない笑顔でうなずいた。同室の病人たちはオブジェのように誰も動かず、窓の外には対岸の学校が小さく見えていた。次に会うときは無口な母かもしれないと思いながら、病室を去りかけて振り返ると、疲れたのか現実を知るのか、母は孤独から逃れるように眠る人になっていた。


夕方から神田の路地の地階にあるバーに立つと、琴未は家にいるときよりもほっとすることがある。父や母から離れて、いっとき生きた世間を味わえるからであった。

薄暗いバーはそこで働く女にも居心地がよく、肌の疲れを柔らかく隠してくれるのがよかった。始めのうちは立っているだけで疲れたが、二月《ふたつき》もすると足の方が床に馴れてしっくりしてきた。客には常連が多く、カウンター越しの罪のない会話も気晴しになる。

「琴未さん」

と呼ばれると、彼女は男にいくらか見上げられるようで快い。そう呼んでくれるのは自分より若い客で、中年の客は呼び捨てか、琴未ちゃんになる。口調に親しみと水商売の女に対する軽さがあった。

「琴未ちゃん、今日は綺麗だね」

「今日は、ですか」

「いつもよりってことさ」

　常連の藤谷は区役所に勤める道楽者であった。既婚者で子供もいるが、まっすぐ家には帰らない。役所と家の間のオアシスに親しい口のきける女が何人かいて、琴未もそのひとりであった。酒を飲み、妻とはしない話を愉しみ、家庭を忘れ、一日の勤めの垢を落とすのであった。それだけならいい、彼の道楽はその先にもあって結構な散財のはずだが、そのために生活を顧みたり、見苦しい態度になることはなかった。

　一度だけ藤谷に誘われたことがある。琴未の帰る時間まで飲んでいた彼が、なにか美味いものでも食べに行かないか、と親しげな目と小声で言ったとき、それだけではすまない誘いを感じた。彼女は美味いものには惹かれたが、そのあとの時間を怖れた。そこからはじまる縁も穏やかとは言えない。

「また今度」

「そう言ってきてくれた例《ためし》がないね」

　と笑いに流せるうちが無難であった。

　常連の中には彼女の生活の苦労を知っている人もいる。そういう話のできる人と、たまたまそういう話になったときに彼女が隠さないからで、案外な意見を聞けるし、医学的な情報を得ることもある。バー勤めの女にありがちな苦労話をして同情してほしいわけではなかった。

「病人はどう」

西尾もこの人なら話してもいいという客であったが、病院から難題を抱えてきた琴未は顔を繕って、変わりませんと答えた。話のきっかけに訊いてみたという感じの男に支払いの悩みを相談してもはじまらないし、仕事中に沈むわけにもゆかない。

「胃瘻《いろう》を考える時期にきています」

「支払いは大丈夫ですか、まず先月分の清算をお願いします」

矢継ぎ早の通知がまだ耳に残っていて、客のちょっとした言葉から笑顔でいられなくなるのを怖れた。

「君も頑張るね」

「きっとそういう運命なんです」

「苦は楽の種という、そのうちいいこともあるさ」

西尾は言った。この街に暮らす文芸評論家で、連れが来るのを待っているのであった。

長いカウンターの隅にオーナーの席があって、ママの涼子が座っている。琴未は前借りを頼むにしても、一度ではすまないことを考えると気が重かった。こういうときに来島がきてくれたらと思うが、それこそ非力な女の都合でしかない。

琴未が勤めはじめる前からこのバーの常連だった来島は、近くの出版社に勤めて出版部で文芸書を作っている。彼女はそんなことも知らずに働きはじめたので、まさか高校の同級生を客に迎えるとは思わなかった。唇を知っている男だけに、カウンター越しに顔を合わせたときの気恥ずかしさは震えに近いものであった。

「やあ、しばらく」

彼が自然な笑顔で反応してくれなかったら、知らん顔をしていたかもしれない。連れがいたせいか、来島はあれこれ穿鑿《せんさく》するでもなく、ほかの客と同じように仕事の話や雑談をして帰っていった。その日から琴未はなんとなく彼が来るのを待つようになった。

「一度ゆっくり話せないか」

何度目かにきたとき彼が言い、ふたりは週末のホテルで贅沢な時間を過ごした。男が強引に誘ったというのでもなく、かつて好き合った男と女のなりゆきであった。来島は学生のときとは別人の落ち着きで話を聞いてくれたし、彼女を労《いたわ》る優しさも大人のものであった。

「力になれることはないか」

胸に女の背を抱いて、彼は言ってくれた。

「山ほどあるけど、言えません」

「お金を貸すのは失礼かな」

「いいえ、でも返すあてがありません」

琴未は素顔をさらした。

男は今どきの結婚しない人種で、仕事と趣味のガーデニングに生きていた。忙しくなるとバーには全く現れないが、雑然としたビルの一室で作家の文章を睨みながら、普通の会社勤めでは考えられない知的な興奮を享受している。年収もよく、肉親からも自由であった。自分の現実とは対照的な世界に生きる男といると、琴未はその零《こぼ》れを味わえる気がして休らった。ときどきこうした時間を持てれば気晴らしになるだろうと思った。変えようのない現実を前に明るい気持ちになれるだけでもよかった。

「今のあなたを見たら、母が驚くわ」

「覚えてるよ、綺麗な人だったから」

「自分がお喋りだから、無口な人が苦手なのね、あなたは決して無口ではないのに」

「そういう君も饒舌家《じょうぜつか》らしい」

琴未は自分を母ほどのお喋りとは思わないが、雑談のできない人といるのは苦手であった。家でも職場でも無駄話のできない時間は疲れるし、息苦しい。メールでつまらないことを言い合いながら、面と向かうと言葉の遣り取りのできない人が増えていたから、それのできる来島といると安らぐ。彼は人間もよくなって、振る舞いに年齢以上の分別と落ち着きがみられた。

「私ね、父も母もいなければいいと思ったことがある、ひどい娘でしょう」

そう言ったとき、琴未の背筋に震えが走るのを、彼は黙って抱きとめていた。

宵の口を過ぎて客が入りはじめると、ママもスタッフも気合いが入って、地階の穴蔵が騒がしくなる。親しい顔がカウンターの端から端へと並んでゆく。複雑なカクテルはバーテンダーが作るので、琴未は水割りやハイボールを出しながら、客の相手をする。

「ここへきて琴未ちゃんを見ると、なんだかほっとするよ」

「あら、どうしてですか」

「反抗されたり馬鹿にされたりしないせいかな、会社の女性は口と腹が別だから」

「私だって分かりませんよ」

戯れを言い合いながら雰囲気を作り、肩の力を抜いてゆくのであった。ひとりの客とだけ話すわけにもゆかずに彼女はカウンターの中を移動するが、どうしても相性のよい人の前にとまってしまう。酔うと下品になる客もいて、そういう人に限ってしつこいからであった。逆によい客とよい話になると、まわりに気を配りながらも仕事の意識が薄らいで素人っぽくなる。

「琴未ちゃん、お代わり」

酔った客が目を据えて妬《や》くのもそんなときであった。彼女は水割りを作りながら、男のように酔って嫌なことを忘れられたら、次の日は何か変わるだろうかと考えた。

その夜も遅くなって久しぶりに来島から電話がくると、彼女の気持ちは華やいだ。あと十五分もしたら勤めを終えて帰るという時間であったから、一日の不安から掬《すく》い上げられる気がした。

「駅に向かって一つ目の信号で待ってる」

「分かりました、ありがとうございます」

退け時になると、琴未はママに前借りの話はしないで店を出た。まず来島に相談してみようと思った。

彼は交差点の角に立っていた。琴未を見ると、寄ってきて並んで歩いた。

「君が帰るころだったから、よそで一杯やろうと思って」

「ちょうど相談したいことがあったの、でもすぐ終電の時間になってしまうわね」

「泊まれると、ゆっくり話せる」

「そうしたいけど、朝早くから父の世話があるし」

言うそばから琴未は自分の言葉に溜息をついた。もし今夜家に帰らなかったら、明日の朝父はどうするだろうと考え、娘を待って何も食べずに中折れ帽を被り、出かけてゆく人を思い浮かべた。そのとき魔の声が囁いた。

「いっそ小岩まで行こうか」

そこで飲んで、泊まって、明け方に帰ればよいというのであった。魅力的な誘いに彼女の心は動いた。すると家路を急ぐときには目に入らない夜の街が違って見えはじめた。

次の交差点で来島はタクシーを拾い、彼女を先に乗せると、手を重ねた。

「相談があると言ったね」

「ええ、つまらないことなの」

琴未はもう言えない気がした。男に連れられてホテルに泊まり、愛し合う。そこでお金の話をするのはなんだか身を売るようで哀しい。そのために会っているような自分を許せないし、言えば貸してくれると思うだけに気が咎《とが》めた。

「ホテルに着いたら何か美味いものでも食べよう、このところ店屋物が続いてね、腹が機嫌を悪くしている」

仕事を片付けてきた男は明るく言った。

「こんな時間に食べられるかしら」

「たまにはいつもと違うことをしてみるのもいいものだよ、人間は同じ毎日に安心もするが苦痛になることもある」

「そうね」

　琴未は心からうなずいた。このまま頼りない生活を続けて、来島ともどうなるか分からなかったが、一晩でも自分のための時間を生きてみたいと思いはじめた。彼がずっと自由でいたいなら、男と女が当たり前にたどる道筋はどうでもよかった。先の見えないことにも暗い喜びがあるのを体で知るようになっていた。彼といると、自分から潰すこともできる薄い希望の泡を感じる。だから母の嫌いな女の気持ちが分かるような気がした。

「荒川を渡るのは久しぶりだな、ビルばかり見ているせいか清々する」

　来島のさりげないお喋りを聞きながら、彼女は通り過ぎた病院の残像を見ていた。窮屈な現実を意識してしまうと、やはり相談してみようかと思わずにいられなかった。車は長いこと蔵前橋通りを走っていた。眠りかけた街の静けさに恵まれた人間の営みを感じながら、彼女自身はなるようにしかならないところへ運ばれてゆく心地であった。それでいて他人の男といると休らう不思議に酔っていた。

おりこうなお馬鹿さん

夜の部といっても今日の芝居は四時半の開演なので、幕が下りるとちょうど時分どきという観劇であった。劇場を出ると、連れの松本が拾った車に乗り込んで、香苗《かなえ》は上等の芝居の余韻に浸った。皇居の濠端にはまだ夏らしい遅い日没の気配が残り、微かに蟬の声がしている。

「いい芝居だったな」

と松本が言うのは珍しかったから、彼女は素直にうなずいた。劇作家の男はそれでなくても芝居を観る目が厳しく、他愛なく魅せられたりはしないからであった。たまの観劇のあと、一方的に酷評を聞かされるのは愉しいことではなかった。

三月《みつき》に一度か二度、二人は都内の劇場で落ち合う。新しい芝居を観て、食事をし、気持ちが合えばホテルに泊まる。観劇がひとつの目的の待ち合わせは週末の勤め帰りになるので、今日の彼女はサマースーツの下に白いタンクトップという装いであった。もしホテルに泊まることになったら、タンクトップなら翌朝丸めてバッグに入れられるからで、替えの下着も同じようにして持ってきている。女の準備をし、時間を繰り合わせて会っていながら、男の都合でせっかくの機会を無駄にすることもあった。そんなときは彼女もあっさりあきらめて、引き止めたりはしない。潔いというより、男と女の切迫した気持ちが足りないのだろう。

車は松本が行きつけのホテルへ向かっていた。歩くと遠いが、車ならすぐそこというホテルが東京には多い。香苗は大学生のときから暮らしているが、道をよく知らない。地下鉄は覚えても街を俯瞰《ふかん》できない。たまに地図を見て、なんだこんな近くにあるのかと驚く口であった。

ラジオ局のアナウンス室に勤めて、もうベテランになる香苗はこのところ文芸作品の朗読を担当している。その前はパーソナリティの相手役やナレーターをしていた。大学の先輩でもある松本とは演劇部で一緒に創作した仲だが、観劇や食事をするようになったのは三十代のときである。ラジオドラマの仕事で顔を合わせたのがきっかけであった。

「なんだ、大島君じゃないか」

「松本さんこそ、どうしてこんなところにいらっしゃるの」

彼は劇作家の最首和明《さいしゅかずあき》になっていた。

打ち合わせからはじめて、よい脚本が生まれ、一年近くつづいたドラマの打ち上げのときであったか、ときどき二人で芝居でも観ようかという話になった。香苗も一時は舞台女優を目指し、挫折し、観劇を人生の愉しみにする人間になっていたから、なんの抵抗もなかった。しかも劇作家の同伴である。ひとりで観るよりはずっと愉しいし、勉強にもなるだろうと思った。実際、彼女の観劇は仕事の一部として会社が認めていた。

　よい芝居を堪能したあとの贅沢な食事とお喋りがまた愉しく、彼女はその日を待つようになった。学生時代の松本を知っているせいか親しみやすく、彼もときおりそんな口調で話した。酒食のテーブルに二人きりの演劇部が現れたり、それを笑う分別が歳月を覗かせたりした。彼の演劇論は理屈と情熱を捏《こ》ねまわした学生のときよりシンプルになって、観客に理性の石を投げて考えさせるか、磨き抜いた情景をこれでもかと叩きつけて震えてもらうものでよいというところへ落ち着いていた。いつかブロードウエイでアメリカ人の客を唸らせるという夢には香苗も身を乗り出す気持ちであった。

「英語で脚本を書けますか」

　と彼女は訊いた。

「書けないこともないだろうが、磨き上げるにはプロの助けがいるね、優れた小説をベースにするという手もある」

そういうときの松本はいくつかの作品を例に挙げて、もう脚本ができているかのように具体的に話した。香苗の知らない小説はほとんどないので、聞いている彼女の目にも情景が浮かんでくる。興に乗ると、彼は食器や皿の料理を使って舞台を説明し、彼女はジャガイモを貸したりした。

「ブロッコリーもくれ」

「もう一皿もらいましょうか」

「いや、演出を変えよう」

彼は真顔であった。演劇も文学も身嗜《みだしな》みのようなもので、どこであれ疎《おろそ》かにしない。知的な会話が自然にできて、なにを話題にしても嫌らしくならない。そういうできた男の味わいに彼女は酔ってゆき、彼は彼で女の落ち着いた反応に気分をよくするのかもしれなかった。言葉の糸で劇を織る男は文学を読まずにいられないし、それを声で伝える彼女も本というものを手放せない人種であった。そこに初めから感応し合う近しさがあった。

「よかったら泊まらないか」

ある晩、彼が言ったとき、香苗はすでに気持ちの用意ができていた。あまりにあっさり言ってくれたので、少しためらうふりをしてみただけである。三十代の男と女のなりゆきでもあった。松本がなんの魂胆もなく観劇に誘ったとも思えないが、香苗にもいくらかの気持ちがなかったとは言えない。口に出しても出さなくても、欲望の縁とはそういうものであろう。愛情の数歩手前のところから恋愛がはじまってもおかしくはないし、体のあとから心がついてくることもある。

互いに独身という身軽さもあって男と女になってゆくとき、彼らは小さな約束を交わした。一方が嫌なときは無理をしない、これは松本の提案であったが、女性にはありがたいときもある。彼女は一方が嫌になって別れるときがきたら、静かに幕を引くことを誓わせた。松本は自分も自由でいたい分だけ寛容な男で、つまらないことからぎくしゃくした関係になることを好まなかった。もっとも彼には演劇という一生の恋人が寄り添っていた。

あるとき「欲望」に負けない「欲望」を創りたいと言ったことがある。テネシー・ウィリアムズの「欲望という名の電車」を今も仰ぐ彼は自分とは対照的な粗野な人間の生を素材に、現代社会の現実と幻想を書こうとしていた。脳裡にはいつもそのストーリーが遊んでいるという。しかし演じられる人がいるかどうか、今の日本人に「欲望」を観る気力があるかどうか不安だと話した。

気力と聞いて、香苗はあるアメリカ小説を思い浮かべた。死と向き合う人々の十一の物語で、読み通すにはやはり息継ぎが必要だったが、目を背けたいと思ったことはないからであった。現実に起きていることを淡々と告げられると、人間は考える。その一方で他人に起きている悲劇には平気でいられるところがあるし、知ったからといって長く引きずるわけでもない。ただ知るときは考え、知ったことは体のどこかに残り、やがて自分が苦しい目にあうとまた考える。

「演劇もひとつの現象を提示することではないでしょうか、観客に気力を求めるのは創る側の傲慢《ごうまん》かもしれません」

「本当によいものなら文句は出ない」

「短篇集で死んでゆく人の物語がつづくのは読み手には辛いことです、でも読むことに気力を求められる文章ではありません、私は読んでいて、個々の物語とは別にアメリカにもある弱い部分と成熟した部分とを同時に見ているような気持ちでした」

「君のような観客ばかりだと助かる、しかし演劇は活字と違って生き物だからね、人間を演じる人間を人間が観るという生々しい空間だよ、よい演技を観ていながら疲れることがあるだろう、つまり気が張っているのさ」

松本はそう言って笑った。演劇を語らせると言葉は泉のように尽きない。どこでなにをしていても一日の大半をその空間に生きているのであった。香苗は羨んだり尊敬したりしながら、不意にずっと子供のままでいる純粋な男を見たりもした。そこに分別盛りの女の陶酔があった。

二人でいるとき、香苗は滅多に自分の仕事の話をしない。朗読の作業はそばにスタッフがいても孤独で、松本が興味を示すようなこともないからであった。かわりに小説の話をする。彼の読書量も相当なものだが、仕事でも読む香苗の方がいくらか勝《まさ》っている。最近のお気に入りは遅蒔きの読書で見つけた女流で、文章が美しいと話すと、

「彼女はもう過去の人だろう、作品世界も古いし、今さら読む気になれないね」

松本は一蹴した。読むものがないとシェークスピアを読み返す男の言葉とも思えなかったから、香苗は反論した。

「古いというなら、シェークスピアこそ過去の人でしょう」

「不朽の人間像がある」

「日本の数十年前の人間像も素敵です、自分自身を律する心の質が今の私たちとは全く違うし」

「そういう社会だったとも言えるだろう、今は正解のない、なんでもありの社会だ、人間も薄い中間色に染まって、はっきりしない奴が増えたような気がする」

現代を象徴する演劇を目指し、創作の発想を得るために本を読む彼は若い作家が発信する最新の現実を漁《あさ》り、失望し、シェークスピアへ還る。朗読という形で文章を電波に乗せる香苗には古いも新しいもない。優れた小説なら、それでよいのである。私的な読書もそうで、劇作家のように二次的な目的は持たない。それこそ純粋な読書である。

「欲望にも様々な形があるでしょう、是非読んでみてください、新しい発見があるかもしれません」

「まあ君がそんなに言うなら、そのうち読んでみよう、彼女の本なら家にある」

と松本は言った。小劇場で性格悲劇を観てきた夜のことで、彼らはホテルのバーで寛いでいた。

食事もできるバーは混んでいたが、本場の生ハムやカルパッチョやサンドイッチをとりながら、好きなことを語り合うのは愉しい時間であった。松本は上等の服を着こなして穏やかであったし、香苗には薄手のブラウスから透ける色香があった。お互いに相性のよい人といる居心地のよさがあった。ときおり彼女の可憐なイヤリングに目をやりながら、彼は放恣《ほうし》な夢を見はじめていた。

うっすらと酔いの回ってきたころ、今日の都合はどうかと訊くので、いいわ、と香苗は答えた。前日からそのつもりであったが、少しためらう顔をしてみた。そういうときの女の何気ない仕草に松本が所作劇を見るからであった。それとも演技と分かっていて愉しんでいるのだろうか。劇団のことなど話しながら男は紳士らしく間をとり、それから緩んだネクタイを直して席を立っていった。

外堀通りにあるホテルは夏を装う女性たちで華やいでいた。若い肌の見え隠れするのは制服の女性も同じで、ジャングルバーやレストランのスタッフは東南アジアの民族衣装を思わせる姿であった。日本のレストランにしては暗い照明の中にエレガントな花が咲き乱れている。松本はこのエキゾチックな雰囲気がお気に入りで、食事をしながら見るともなく眺める。香苗の今日の出で立ちはタンクトップであったから、上着を脱ぐと見劣りがするかもしれない。彼女はテーブルにつくとさりげなく周囲を見まわした。

豊かな人ほどカジュアルな装いをしたりするので、近くにそんな人がひとりでもいるとほっとする。洗練されたホテルの空気は好きだが、人に値踏みされる自分が気になることがある。その晩も気の小さい見栄っ張りを自分の中に見ながら、知的な男といる空間に自足していた。

健啖家《けんたんか》の松本は料理の選び方もテーブルマナーもよく、堂々としている。周囲の目を気にする方ではないが、香苗といるときも劇作家の最首和明というベールを纏い、それらしく振舞う。彼女にもそれを愉しむところがあった。

ゴブレットのビールが運ばれてくると、彼は料理を待つ間に、今日の芝居は脇役の女優の勝利だと話した。かつてアイドルだった女優は精進したとみえて、舞台でも存在感のある演技をみせるようになっていた。

「いつか使ってみたいと何人かの演出家とも話している、それくらい成長したね」

「同じ人の演技とは思えませんでした」

香苗は彼女の出演した映画を何本か観ているが、舞台を観るのはその日が初めてであったから、地味な変身ぶりに驚いていた。よい役者の成長期とでもいうのか、重厚な色気が滲《にじ》みはじめているのを感じた。

「彼女はたくさん本を読んでいますね、それもきっとよいものばかり、才能だけの演技ではないように見えました」

「本も読まない役者はだめだね、吸収し発光するものがなくては成長もない、平和な社会はありがたいが、人ひとりの現実から学べることは少ないからね、そこに気づかない役者はだらだらと年を重ねて、ある日学ばずにきたことを後悔するのが落ちさ」

「そうですね」

香苗は劇作家の言葉を信じて、それ以上は言わない。噛みしめるのに十秒かかるし、演劇論になると勝ち目はないからであった。それより幸運な一日を演出したい。

そばを外国人の子供が通ったので笑《え》んでいると、ところで君は役者の朗読をどう思うかと彼は訊いた。そう訊くこと自体、よく思っていない証拠に思えたので、香苗は返答につまった。彼女自身はなんとも思っていないことであった。

「考えたことがありません、私も朗読をしますが、ライバルとも思いませんし」

そう言うと、松本はにやりとして、もしそういう企画があったら、紹介したい男優がいるので声をかけてほしいと話した。ぱっとしない役者だが、声に味があるということであった。彼は貧しい役者を大勢知っていて、頼られる立場であった。恵まれない人のための小さな気配りを、優しい、と彼女は感じた。

やがて料理が運ばれてきて、彼らは小さなフィレステーキを食べた。松本にはサーモンのソテーもある。ワインをもらい、水のように飲む男に感心しながら、香苗も寛ぎはじめた。視野に入る席にはぽつぽつと外国人の客がいて、中年の婦人などは内着に近い姿であった。

「前に君が話していた女流の小説ね、久しぶりに読んでみたよ、やはり古いが今の人には書けない世界を感じた、人間も時代の産物とでもいうのか、熱いものを持ちながら抑制した人間関係がいいね」

松本は話しながらも手際よく皿のものを片付けていった。香苗はひとこと言うのにも口の中を片付けなければならない。

「私たちと違うことは明らかですが、ほんの少し前のことという気がします」

「ある部分では憧れるね、同じように生きているようでまるで違う、環境の違い、と片付けてしまっては知る意味がない」

「外国の小説を読むのと同じですね、行ったこともないのに景色が見えてきたり、主人公と一緒に悩んでみたり、間接的な経験を通して自分が膨らむ気がします」

「演劇もそうなんだよ、少しの間、観客を現実の日常から切り離してやるだろう、別の世界に遊ぶことで心の奥に溜められるものがある、まあ空中から摂る人生の栄養だね、だから我々は苦しんでも叩かれても、いい芝居を創らないといけない」

香苗は男の情熱に触れながら、小さなラジオ局に勤めてこつこつと朗読をつづける女の世間にも彼のような人がいるのを貴重に思った。彼女のまわりには忙しい一日を繰り返すだけの疲れた勤め人が多い。創造的な仕事がごまんとある世の中に、情熱や気概に欠ける人もごまんといて、決まり切った日々の作業から精神的にすら踏み出さない。大きな失敗もしないかわり興奮もなく、安全な一日に充足しながら疲れる人たち。彼らの口から深い言葉を聞くことはなく、水を向けることもできない。そのことに疲れるようになった彼女は松本と過ごす時間に夢を見るのかもしれなかった。

「朗読にしろ別世界を届けることに変わりない、君の声を聴いて絶世の美女を想像する人もいるだろうな」

彼のなにげない言葉は彼女の心をやわらげた。美味しいものが美味しく感じられて、愉しい時は早く過ぎてゆく。香苗は巡ってきた一日の安らぎに充たされた。あとはどうなってもかまわない、そう思うところに女の他愛なさと密かな欲望があった。

「よいお芝居に出会えたお祝いに、もう少しワインをいただいてもいいかしら」

「ゆっくりやるさ、時間はある」

じきに運ばれてきたグラスのワインはしかし、すぐになくなってしまった。そのことを二人で笑ったあと、松本が笑顔のまま優しく切り出した。

「さて今日はどうしますか」

「もちろん」

と言うかわりに香苗はうなずいた。なにか素肌に絹を纏ったようなメローな気分であった。ホテルという都会の別世界にいるせいかもしれない。

松本はいつものようにすぐには席を立たなかった。最後のワインをもらい、なにも待っていないかのように軽いお喋りをし、それから悠然と立っていった。

彼を待つ間の、いくらか我に返る時間を香苗はときおり持て余した。ただルームキーを持って帰ってくる男を待っていながら、あてどない気分を味わう。どうしてかいつもよい部屋がとれるのを不思議に思ったことはなかった。

一夜明けると、彼女は先にシャワーを浴びた。髪も洗い、下着も替えて、新しい一日を装う。どこに意地悪な世間の目があるか知れないからで、色違いのタンクトップがかろうじて無罪の言いわけになる。松本はざっとシャワーを浴びるだけで、髪は洗わないし、髭も剃らない。仕事の打ち合わせで飲み明かしたという顔であった。

お別れの抱擁を済ませて朝食をとり、外へ出ると、タクシーが客を待っている。

次々とドアが開き、ためらう暇はない。

「愉しかったわ」

「じゃあ、また」

二人はなごりの視線を交わし、それぞれの車へ乗り込んだ。男は両親と暮らす都内の家へ、女は散らかし放題のマンションの部屋へ帰ってゆく。三十分とかからない。

冷房の効いた車から香苗は土曜日の街を眺めて、還ってゆく日常を思い浮かべた。一夜の陶酔が気怠さに変わり、今日の記憶にくすんだ染みのできる時間であった。何度繰り返してもなにも残らない関係、一方が本気になったらたぶんお終いの関係、間違って夫婦になったら冷めてしまいそうな関係、それでいて互いを知り尽くしているという矛盾にうっすらと気づいていながら、また次の連絡を待つのであった。じきに彼はぐっすり眠るのだろうし、彼女は洗濯をはじめる。半月ぶりに風呂を掃除し、買物に出かけるころには普段の自分に戻り、特売の醬油や卵を思い浮かべる。そうして夕暮れまでに気を変え、夜にはなにもなかったようにフォークナーやアップダイクを読み返す。そんなことをもう八年もつづけている。

その日の家事は手際よく運んで、午後には少しばかり仕事の準備もした。夕方、ぴかぴかの風呂に入って足の先まで磨き、見もしないテレビをつけて食卓につくと、少し古い歌が流れてきた。彼女は鼻歌交じりに缶ビールをあけて、スーパーで買ってきた総菜を広げた。高層マンションの部屋からはやはり蜂の巣のような高層マンションが見えて、似たような暮らしをしている人の多さになんとなくほっとする。休日のマンションは早くから明かりの点《とも》る窓が多く、消えるのも早い。平凡だが危険もない日々の暮らしに、彼女は充たされていた。

「働いて、たまに贅沢をして、悪いこともないし」

そう思う日常で、折々の情欲が充たされるせいか、あえて結婚という束縛へ飛び込むだけの衝迫《しょうはく》も湧かなかった。それはたぶん松本も同じで、仕事も私生活も充実しているのだから、今のままでなんの問題もないはずであった。そのうち一方が飽きて自然に離れてゆくなら、それだけの縁であったと分別するのが今どきの男と女であろう。

二本目のビールを飲んでいたとき、いつのまにかテレビが悲惨な事件の報道に変わっているのに気づいて、彼女は電源を切った。かわりにラジオをつけて戻ると、なんの前触れもなく、恋人を追ってベルギーへ渡った知人のことが思い出された。男は外資系企業の中堅社員で辞令に従っただけだが、女にとっては突然の事件であり、黙って男を見送ることは百年の計の破綻を意味した。あきらめのつかない彼女はあっさり勤めを辞めて、見境なく男を追ったのである。もう四、五年も前のことになろうか、その後どうしたのか香苗は噂も耳にしていなかった。なぜか気になりはじめて、ちょ

うど休日の夜でもあったから共通の知人に電話をしてみると、

「ああ、彼女なら、とっくに帰国して結婚したわよ」

意外な結末であった。

「あの男の人とかしら」

「ううん、別の人よ、それが彼氏と同じ会社の人だっていうからきな臭いじゃないの、そのうち夫婦でベルギーへ行くらしいわ」

「まさか、いくらなんでもそんな当てつけがましいことはしないでしょう」

「ふつうはね、でも彼女はとことん思いつめる質《たち》だし、捨てられた恨みを晴らす手段としては最高じゃない、向こうで生き甲斐に困ることもないでしょうし」

知人は自信のある口ぶりであった。

「あれで結構幸せそうよ」

そう言って吐息を洩らす人の背後に男の声がしたので、香苗は礼を述べて電話を切った。人の不幸に首を突っ込んで、不意を衝かれた気分であった。あの華奢なバックパックも背負えないような女がと驚きながら、本当ならなんと執念深い人だろうと思った。いくら愛した人とはいえ、そこまでする権利が女にあるかどうか。過去の男のために夫も自分も騙《だま》し、これからの長い人生を耐えられる女がいるとしたら、男につながる怨念が彼女の幸福ということになろう。そんな激しい恋をしたことのない香苗は他人事《ひとごと》ながら恐ろしい気がした。

その夜、彼女は本を読む気にもなれずにベッドで物思いに沈んだ。もし松本が突然いなくなったらどうなるのかと考え、彼の電話番号しか知らないことに気づいた。その気になればタクシーですぐゆける家を訪ねたこともなく、普段着の男も知らずにきたが、それでなにも困らなかったし、会えば贅沢な夜が待っていた。煎じつめれば会いたいときに会って、愉しいときを過ごせればそれでよかったわけだが、今日の彼女はそんな自分の未来も怪しい気がした。今度松本に会ったら、そんな話をしてみようかと思いながら、それがきっかけで嫌われることを怖れもした。

軽い動悸がして眠れなくなった彼女は、やがて明かりを点けて時計を見た。それから男に厄介な気持ちを打ち明けるつもりで携帯電話を摑んだが、なにからどう説明すればよいのか分からなかった。感情に走るかもしれない女を彼はどう見るだろうかと考えると、気後れがした。じたばたしてもはじまらないという分別もあった。たまの幸福を約束してくれる男を失うことが、急に人生の破滅につながるような大事に思えてきたのだった。

そうした窮屈な気持ちから女はなにをしでかすか知れないのだと思った。むろんベルギーへゆくという知人の真似はできない。といってうかうかしていたら、いつか本当に不意の別れが訪れるだろう。彼女は勢い込んで男に不快な思いをさせたり、あきれられたりしないために、ちょっと淋しいとでもメールを打っておこうかと考え、察してくれるであろう男に期待してみた。すると、いくらか気が楽になり、指が動いた。

すてきな要素

通院の身支度をして迎えの車を待つために前庭へ出ると、あるかなしかの風に海が匂った。塩害でくたびれた家にも立派な納屋と寄り付きがあって、敷地は無駄に広く、今では狭く感じる通りに車が通ることは少ない。海はそのまた向こうの国道から一足のところにあるが、ありがたいことに見えない。友美《ともみ》は帰国して一年半が過ぎた今も遠い海原にたゆたう心地で暮らしながら、外房《そとぼう》の実家にいるなりゆきを皮肉に思った。

それまで勤めていた東京の小さな設計事務所はスタッフが少なく、休日出勤を余儀なくされた大仕事を終えて二週間の休暇がとれたのは去年の初夏のことである。彼女は長く憧れていた南洋の小島へ出かけた。そこは写真集で見ていた通りの色彩と静けさで、神にしか造れない海と砂浜であったから、久しぶりの休暇を心から愉しんだ。白砂の輝くビーチに遊び、夜は一流ホテル並みのコテージに眠る休らいを満喫した。そばには社長の三上収司《みかみしゅうじ》がいたし、なんの気がかりもない完全な自由は初めてであった。高いヤシの木を背負うビーチには色鮮やかなパレオを売り歩く人や、一週間で消えるタトゥ描きがきたりするので飽きない。渚の波音より騒がしいものもなく、彼らはビーチアンブレラの下でよく昼寝もした。

「食べて、飲んで、こんなにのんびりしてたら肥るでしょうね」

「それもいいさ、人生の贅肉になる」

三上は言った。有能な建築デザイナーであり、堅実な経営者であり、外国通の男らしいフェミニストでもあった。彼には四年近く別居している妻子がいたが、もうすぐ離婚に漕ぎつけるところまできていて、友美との間にはそれより少し長い歳月が流れていた。彼女はそのことを深く考えたことはなく、なりゆきに任せていたから、彼の離婚が自分の結婚につながると思いつめたこともなかった。もともと子供を生んで家庭を守るという女の埒《らち》に馴染めない気持ちがあったからだろう。三上の私情が絡んで彼も異例の昇給があったときも、そんなものかと思い、次の日には忘れてしまった。彼もそういう女を愉しんでいたのかもしれない。

「ここに小さなホテルを建ててみたいね、コテージもいいが、白いスペイン風の二階屋など似合うだろうな」

「大仰なものがなにもないからいいのじゃなくて、ビーチの窪みにジャングルバーを造るのはどうかしら」

そういう友美も建築士であった。

「一度空から見てみようか、遊覧飛行を申し込むと水上飛行機がきてくれる」

「安全かしら」

「水に浮くから大丈夫さ」

ひねもすそんな話をしながら、だらしない一日を繰り返して飽きることがなかった。夜遅くまで三上は彼女を愛したし、女体を思うようにした分だけ優しくすることも忘れなかった。充たされた眠りから目覚めて、その日初めて見る海は例えようもなく美しく、楽園そのものであった。

ビーチフロントのコテージからは透き通る海はもちろん、環礁の向こうの深い海までが手の届きそうな感覚で見られる。近くの波音とも言えないさざめきと、遠くに暴れる波とが呼び合う。

「見て、見て、イルカがきてる」

ある朝、彼女は窓の外を見ながら、まだ寝ている男を起こした。数頭のイルカが環礁を覗きにきたのであった。興奮した彼女のあとから裸足で外へ飛び出してきた男が見たのはしかし、ぴちゃぴちゃ跳ねる小魚であった。

「なんだ、随分小さなイルカだな」

「本当にいたのよ」

「だったら、またくるだろう」

三上は機嫌を悪くするでもなく、そのまま早朝の海を眺めた。東京の仕事を完全に忘れているわけではないが、日常の面倒から解放されて隠れ家にくつろいでいた。都会のあわただしい流れにいても感情に走ることのない男は、社長としても恋人としても好ましかった。小利口な男と違って、なにからなにまで欲しがることはしない。人生のどの辺りを生きているかを自覚して、世界から学ぶことを好み、生活とは別の豊かさを大切にする。そこへ女も気持ちよく巻き込まれる。三上とはそうして結ばれてきたので、自由と向上を好む友美がこのままでいいと思うのも自然であった。都合のよいことに今の世間はそれを許してくれた。

「ねえ、あとで下着を出しておいて」

砂浜にぼんやりと佇んでいる男に言って彼女は朝の身仕舞いをした。家庭に不向きな気儘《きまま》な女にも古風なところがあって、旅先でもまめに洗濯をしたし、男の下着を揉み洗いするのが嫌ではなかった。それも自分のものと一緒に洗面台でする。指先で男の汚れも落としてゆく。終わるとジャロジー窓を開けたバスルームに干して眺める。夫婦ではないからおもしろいのかしら、と腕を組んで思った。

吹きさらしのビーチレストランでボリュームのある朝食をとり、水着に着替えると、開放的な一日がはじまる。その日の三上は何冊目かの本を読みはじめ、友美は肌を焼きながら欧米人の休暇の過ごし方を観察した。紫外線を嫌う日本の女性が見たら気絶しそうな光景がビーチに広がり、彼らは貪欲なほど太陽の恵みと向き合う。男にも女にも本読みが多く、若い裸体が二十も並んで、全員が本を読んでいるさまは壮観ですらある。日本のビーチでは見られないので、彼女は貴重なものに眺めた。するうち真っ青な空に黄色い水上飛行機が現れて、音に気づいた三上が、新しそうな飛行機じゃないかと言った。彼女もそう思った。

「どうする、申し込むか」

「あれなら乗ってもいいわ」

「順番待ちになるかもしれない、フロントで訊いてこよう」

三上は旅の思い出にしようとしていた。そして本当に信じられない早さで、それは思い出になっていった。

二人を乗せた水上飛行機が急に失速して海に墜落したのは、その日の午前中のことである。操縦士がなにか叫んでいたが、機体を水平に戻すこともできなかった。死を覚悟した瞬間から友美は気を失ったのか、なにも見えていなかった。となりの三上の声も聞こえなかった。祈る間もなく人生のすべてが美しい海へ墜ちてゆき、土瓶かなにかのように飛散した。

数日後に本島の病院で目覚めたとき、彼女はひとりであった。片目と口のほかはどこも動かず、横を向くこともできない。医師は奇跡だと言った。やがて現地の旅行社に勤める日系の女性に、帰国の手配はするが少なくとも二ヶ月は動かせないと告げられ、そのとき三上が亡くなったことを知った。奇跡は彼女にしか起こらなかったのである。思うまいとしても彼の最期が目に浮かんで、それが朧《おぼろ》な記憶になった。そのうち名古屋から不仲な弟が飛んできて、事後処理に走りまわり、馬鹿なことをしてくれたな、と青白い顔でののしった。ごめんなさい、と彼女は詫びたが、それからどうして郷里の病院へ移ったのか覚えていない。

半日がかりの通院の日に地曳久男《じびきひさお》が迎えにくるようになって半年近くなる。夜だけのバー勤めで自由のきく知人の子に目をつけたのは、片道四十分の道のりと付き添いの苦労を敬遠した父母の都合であった。友美とは狭い世間で育った仲で、子供のころはなにかあると人の家で顔を合わせたし、道で会えば立ち話くらいはする近しさであったが、今の地曳は親切なくせにむっつりとして摑《つか》みどころがなかった。友美がガソリン代を渡そうとすると、不機嫌な顔をして、

「よせよ、失業中の病人だろう」

そう言った。彼女は出したものを引っ込めながら、黙って受け取ってくれた方がよほど気が楽だと思った。古い車はどう見ても燃費が悪そうだし、地曳も裕福には見え

ないからであった。

祖父の代で漁師をやめてしまった友美の家には漁協に勤める父と、ちっぽけな畑が生き甲斐の母がひっそりと暮らしている。作業場にもなる前庭が普通の家より広く、納屋があるのは漁家《ぎょか》のなごりで、広い駐車スペースがとれるのもそのせいであった。

朝の八時ちょうどに地曳の車が入ってくると、友美は以前より軽くなった杖を手にして歩いてみた。数日前からもう杖はいらないと感じていたのであった。地曳がいつものようにドアを開けてくれたが、おはようとも言わない。そこまでする義理はないという態度の男に彼女はむかついて、

「いつもにこにこしてほしいわけじゃないけど、そんなにつまらなそうにしなくてもいいと思う」

車に乗ってからそう言うと、地曳はちらりと目をくれただけで車を走らせた。国道に出て、少しスピードを出してから、ぼそりと言った。

「よくなったら東京へ戻るのか」

「そのつもりよ、働かないと生きてゆけないし」

友美は左手に広がる海を見ていた。太平洋の波が美しい海岸線であったが、冬の今は人影もなく渺々《びょうびょう》としている。三上の霊が漂ってきそうな眺めで、ふっと感応しそうになりかけたとき、

「前の会社で働くのか」

地曳の声に呼び戻された。

「それはできないわ、なにがあったか少しは聞いているのでしょう」

「噂だよ、バーで聞く話の類いさ」

彼は言ったが、知っている気がした。

東京の会社から友美の私物が送られてきたのは辞表を出す前のことである。三上の妻の指図らしかった。前後して彼女の弁護士からも荷物と通知が届いた。荷物は彼のマンションの部屋に置いたままの服や化粧道具やアクセサリーで、通知は合法的なマンションの売却と遺品の相続を告げるものであった。

気心の知れた会社の同僚に電話をしてみると、三上の妻がすでに代表の座についていると教えられた。新しい社長を迎える方向で動いているという。

「私たちもどうなるか分からないけど、うやむやにされる前に退職金を要求した方がいいわよ、秋子さんはしみったれだから」

「お金ならあるでしょう」

「いくらあっても惜しいものは惜しいのよ」

電話の声は嫌悪を隠さなかった。秋子の財物に執着する性情は三上からも聞いたことがあったが、友美は忘れていた。妻女とは関わりたくなかったし、いずれ妻ではいられなくなる人であった。ところが永遠の妻の座に返り咲いてしまった。三上とふたりで買い集めたものまでが、遺産という形で他人も同然の女に渡ってゆくのが不思議でもあった。

生臭い話の苦手な彼女は最後の月給をもらって会社とも別れた。秋子とは口もきいていない。どのみち三上の死を悼むのは自分しかいないという気持ちと、生きているだけで十分という思いとが、ある浮遊した感覚の中で彼女を立たせている。終わったと感じる日もあれば、まだ未来があるとも思う。終わったのはその場凌ぎの人生で、体力が戻ればなにかはできるだろうという自分への期待までなくしたわけではなかった。

日常的にあれこれ思い巡らしながら、踏み出す気力のなかった彼女はそろそろ杖を捨てようと思った。三上という後遺症は残るとしても、生きてゆかなければならない。そう自分を励ましてみるが、ぼろぼろの体が彼を覚えているし、あの優しさも知性も忘れられない。女の喜びを味わい尽くして、うつけたようになって、人に言えない思いを嚙みしめている。思い出に生きる歳でもないのにと自嘲しながら、考えることに疲れてぼんやりすると、またぞろ取り返しのつかない日々の記憶へ還ってゆくのだった。

噂はそこまで語れない。つまり地曳も彼女の心底《しんてい》までは知らない。知ったところで

だらしない女を見るだけであろう。運転の上手な彼は信号待ちの間に追いついてきた大型車を確かめながら、

「設計をするって聞いたが、才能と根気のいる仕事だろう、おもしろいのか」

と訊いた。ぶっきらぼうな感じが却《かえ》って東京の人間にはない親身を匂わせた。

「図面を引いているうちは夢があるけど、建築現場はトラブル多発地帯よ、何事もなく済んだ例《ためし》がないわ」

「人生の設計図は引かないのか」

「それもトラブル続きってところ、見れば分かるでしょう」

「まあね」

彼は薄く笑い、車はオートマチックのように滑らかに走りはじめた。乗り心地は悪くないが、変速する度にエンジンが苦しむような音がして、友美は少し怖い気がした。通院の道は海岸線とトンネルの繰り返しで、間違えば海と闇の連鎖となって事故の追想につながる。地曳が黙ると、彼女も黙った。

その日の予約は午前九時の内科と十一時の整形外科で、検査と診断と会計が終わるころには昼下がりになるはずであった。病院に着くと彼女は受付をすませて、ロビーで文庫本を開いている男に言った。

「どこかで時間を潰してくれていいのよ」

「病人でなければここは結構居心地がいい」

「あとでお昼を奢《おご》るわ」

「気を遣わないでくれ」

地曳は白けた顔で本に目を戻したが、予約をしていても待たされることがあって予定通りには終わらない。愚痴も言わずに待ってくれる男が友美には負担でもあった。

前回の検査結果の説明と診察のあと、新たに放射線を浴びる検査と調剤に長い時間がかかり、果たして病院を出たときには二時近くなっていた。待っていた地曳が腕を組んで寝ているのを見ると、彼女は杖をつくのも忘れて歩いていった。疲れていたが、男の肩を叩いてそそくさと病院を出た。空腹で不機嫌なのか彼は車を飛ばした。

「そんなもので足りるのか、もっと栄養を摂らないと治るものも治らないぞ」

海岸通りのレストランで遅い昼食をとりながら、地曳が先に口をきくのは珍しいことであった。彼は大盛りのカレーを小気味よく頬張り、友美の前にはパンケーキがあった。神経の異常か精神衰弱のせいで、食べたいと思うものがはっきりしないのだった。

「神経を治すのが先決ね、今はなにを食べてもおいしいと思えない」

「神経まで贅沢なんだな」

「そうかもしれない、あなたの食欲が羨ましいわ、でも、どうしてそんなに食べて肥らないの」

「食べた分だけ体力を使うからだろう、走りまわる子供が肥らないのと同じだ、君は食べないし、走る気もない、だからその力もつかない、無理にでも食べて走れば神経の方が追いついてくるかもしれない、体なんてそんなものだろう」

なにか意外な言葉だったので、友美は男の顔を見つめた。子供のころから知っている顔であったが、どんな人間か考えたこともなかったと思った。そういう人が東京よりこの土地に大勢いるような気がした。

ガラス越しに海の見える席で、地曳はありふれたカレーを食べながら、神経がいかれているなら本でも読んだらどうかと話した。お勧めはスウェーデンの英文学であった。さりげない労《いたわ》りと知性であったから、友美はひそかに目を見張った。男のうっすらと髭の伸びた顔に陽が射していた。

「バーテンが本読みじゃ、おかしいか」

と彼は皮肉をこめて笑った。

「ううん、バーテンだからではなく、地曳久男だから意外なの、私の知っているあなたは不良っぽい少年だったたし」

「一過性の不良さ、芸術家に多い」

友美は男の言葉に気持ちが乗りはじめるのを感じて、ずっと疑問に思っていたことを訊いてみた。

「どうしてバーテンダーになったの」

「勤務時間、給料、適性、一番の魅力は働きながら禁酒できることかな、おまけに体力がつく」

そう話す顔は薄く笑っていた。

「重労働の仕事に聞こえる」

「そうだよ、客に見せない部分はそういうものさ、酒瓶は重いし、店の掃除に棚卸しもある、夏場は駐車場の草刈りもするし、デッキの鳥の糞の始末もする、東京のバーでは考えられない仕事だよ」

「しかも本読み」

「そっちは精神労働だね」

大盛りのカレーがきれいになくなると、彼はコーヒーをもらい、君も早く食べろよと促した。パンケーキは半分ほど片付き、残りが冷たくなりかけていた。残すのは許さないという目に見つめられて、友美は仕方なく食べはじめた。

「いいね、病人の食欲を見るのは気持ちがいい、次はステーキにしよう」

「もう病人とも言えないわ」

友美は苦笑しながら、長引いた療養から本気で抜け出したいと思った。事故で一変した人生の軌道を修正しなければならないし、このままでは取り返しのつかないところへ沈んでゆくようで恐ろしかった。そういう顔に見えるのか、地曳も真顔になって、

「手馴らしに家《うち》の図面を引いてみないか、図面だけで今すぐ改築するわけじゃないが、手間賃程度の設計料なら払える」

そう言った。

「どういうこと」

「いつか書房を持ちたい、小出版をやろうと思ってね」

彼女は目を丸くしていた。知っていたようで全く知らなかった男の真像が、不意に覗けたからであった。その確かな芯の部分に触れてしまうと、これまでのように無関心ではいられない気持ちであった。

東京の大学へ進めることになって家を出てゆくとき、もう二度とこの街に暮らすことはないだろうと友美は思った。大学を出たら東京で働くことになるだろうし、デパートも劇場もない潮風の街で生きてゆくつもりはなかった。父母の質素な暮らしぶりは彼女の夢から遠く、生活のための生活をつづけるだけのようで、つまらなく見えていた。学資を都合してくれた父も若い女が東京へ出ることがどういう結果になるか覚

悟していて、

「好きにするさ、おまえの人生だから」

そう割り切っていた。大学へやることを親の最後の務めと考えていたのかもしれない。

家はいつか弟が継ぐはずであったが、彼も一生を送る場所ではないと思いつめた口らしく、姉の跡を追うように都会の人間になってゆき、いっそう家には寄りつかなくなってしまった。友美はたまに帰郷したが、それも娘の務めとしての機嫌伺いでしかなかった。

父と母の暮らしはいつ見ても変わらず、家とともに人間も古くなってゆくだけの凡庸な人生に思われた。なにかを懸けて冒険をしたり、別の生き方を模索することのない人たちであった。テレビで見る外国の景色に憧れても、行ってみようとは思わない。かわりに隣町のスーパーの売り出しに出かけてゆくのがせいぜいであった。それは今も変わらない。

外国から重体の娘を迎えても彼らの日々は坦々《たんたん》としたものであった。病院に任せるしかないという結論にゆきつく早さは熟考を飛び越えて事務的ですらあった。自分たちにできることを知っているとも言えたし、できないことをさらに心得ているとも言えた。娘のふしだらと心身の深手を知った衝撃は数日で消え去り、母の愛情のそそぎ先は畑の野菜に還り、父の関心は三上のことに集中したが、それも長くはつづかなかった。

「墓参りにはゆくのか」

最近になって彼は訊いた。

「一度はそうしようと思います」

いつのことになるか分からなかったが、友美はそれが礼儀だろうと思った。誰かに墓所を教えてもらわなければならないが、三上の妻には会わないつもりであった。だから突然彼女から電話がきたときは慌《あわ》てた。

会社はとっくに辞めていたので、いったいなんの用かと思いながら出てみると、

「秋子です、お加減はいかが」

と取り澄ました声であった。

「少しずつですが、よくなっています、そちらはどうですか、落ち着きましたか」

訊ねる義理もなかったが、友美はそう言った。三上を愛したことと、名ばかりの妻から電話をもらうことは、なんのつながりもなかった。

「やっと整理がつきましたのよ、三上がいい加減にしていたことが山ほどあって、いちいち調べて処理するのも苦労でねえ」

秋子は誇らしげに話した。

「お忙しくて大変ですね、それでご用件はなんでしょう」

「ひょっとしてあなたの方でもなにか三上のものをお持ちではないかと思いまして」

「なにもありません」

「あら、そうですか、でも忘れているということもあるし」

「ありません」

友美はきっぱり言ったが、スカーフやハンドバッグが目に浮かんだ。しかし二人で見立てたものなら三上のものということにはならないだろうと思った。秋子は勝ち誇りたくて言っているだけかもしれなかった。

その後も幾度か電話があって、思い出したことはないかと訊いてみたり、三上の蔵書の中にあなたの写真を見つけたので送りましょうかと言うこともあった。

「捨ててください」

「でも、素敵なヌード写真ですよ」

友美は秋子の底意を計りかねて黙った。思いやりのない言葉は病院のリハビリよりも苦痛であった。終わったことではじまる女の意地悪を感じた。

「あなたも三上のこんな写真をお持ちじゃなくて」

「いいえ」

「三上はああ見えて悪趣味でしたのよ、しかも浪費家でねえ、あなたもご存じでしょうけど、後腐れのないように女には相当使いましたから」

電話口で喘《あえ》いでいると、いきなり父が受話器を奪い取って、

「娘は具合が悪い、失礼する」

と乱暴に電話を切った。そんな父を見るのは初めてだったので、友美は驚いてなにも言えなかった。始末の悪い体を憚《はばか》りながら、両親の質素な生活を乱しているのは自分だと気づいた。嫌になるほど温厚で気が小さく、人と争ったり、人の先に立って行動したりすることの苦手な父が、顔を赤くして新聞を広げているのを見ると胸に応えた。

「一本、つけましょうか」

さりげなく労《ねぎら》う母も赤い顔であった。

そのことがあってから、友美は父と母の暮らしに暗黙の規律を見るようになった。海が荒れると急に忙しくなる父にかわって、母は納屋に眠る救命具やロープを確かめ、漁師の妻たちと連絡を取り合い、おにぎりを作り出す。父から電話がくるわけでもなく、何事もなく過ぎればなにもなかったように父を迎える。父は父で、全船無事だったと告げるきりであった。そういうことが都会で人擦れした女の目に新鮮に映りはじめて、家の中にいても故郷の人の静かな営みを身近に感じるようになっていった。

やはり祖父の代で漁師をやめた地曳家は小さな修理を重ねて古びた家の造りも雰囲気も友美の実家と似ている。彼女は一目見て、どこになにがあるか分かる気がした。家の中を見せてもらうと、果たして台所の造りや風呂場の位置までそっくりである。同じ人が設計したのでないなら、古くから漁業で結ばれてきた地縁社会の産物であろうかと思った。

地曳の希望はまず外観を洋風にし、書房は母屋の西角の土間を潰して前庭に向けて増築するというもので、図面の上ではたやすいことであった。彼女は家の周囲にいくつか柱形《はしらがた》を設けて軒を深くすることを提案した。補強の意味もあるが、白壁でつながる書房部分の印象も立派なものになるはずであった。見取り図を見せると地曳は気に入って、

「ぼろ家が豪邸に見える」

と感心した。

「これは最低限のリフォームよ、予算しだいでいくらでもよくなります」

「高望みはできないが、やりたくなるね」

「その気になったら工務店と掛け合ってあげる、そのころどこにいるか分からないけど」

地曳の勤めが休みの日に、彼らは打ち合わせをかねて幾度か食事をした。通院の回数が減って半月会わないこともあったから、友美の方から図面を持って出かけてゆくこともあった。足馴らしに歩く三十分の道のりは車なら五分もかからない。電話をすると地曳が迎えにくるので、彼女は不意に訪ねた。

「その体で国道を歩くのは危険だ、また事故にあったらどうする」

不機嫌な顔で出迎える男に微笑みながら、

「東京の道路に比べたら、車はいないも同然よ、結構歩道もあるし」

彼女はわざと暢気《のんき》なふうに答えた。そうでもしないと自信がつかないからであった。

夕暮れ、地曳の車で海岸通りのレストランへゆくとき、友美は女の身支度をするようになった。痩せて杖をついていたときはそんな気にもならなかったが、久しぶりに美容院にもゆき、下着から身繕いした。心に張りを持つと胃袋も元気になって、食事も語らいも愉しい。彼にとっても休日の夕べを女と過ごすことは小さな事件であろうし、次の事件が起きてもおかしくはなかった。

ある日、車は海岸通りから逸《そ》れて薄暮の浜辺へ入っていった。冬は閑散とする海の街にもホテルがある。地曳は車を駐《と》めて、友美を一階のレストランへ誘った。

「ここは静かでいい、たまには飲もう」

「お酒を飲んで、帰りはどうするの」

「タクシーか代行を頼むさ、ひとりなら歩いても帰れる」

オフシーズンのホテルはすいていて、レストランも客はまばらであった。食事はコースで頼み、安いワインを瓶ごともらって二人は飲みはじめた。

「君のお蔭で夢が形になってきた、ぼんやり考えていたときとは手応えが違う」

地曳は期待した以上に出来のよい設計図を誉《ほ》めて、いっそのことこのまま地元で再出発してはどうかと勧めた。

「そんなに仕事があるかしら」

「あると思うな、この街を走るトラックの半分は建築関係のものだし、宅地の造成もつづいている、一方で空き家も増えているが、ほったらかしの状態で売れるはずがない、小綺麗にして売るか貸すかしたいというのが持主の本音だろうが、頼みの建築士といえば偉そうにして金ばかりとるやつが多いからね」

地曳の言うことも分かるが、友美は心許ない気がした。設計事務所の一員として働く気安さに馴れていたし、東京へ帰れば同じ仕事に就けるだろうと考えていた。そのためにマンションも借りつづけているのだった。

「正直、仕事は東京の方がしやすいわ、設計の発想には刺激も必要なの」

「混雑と刺激は別物だろう、ある種の錯覚だと思うね」

「時代の先端にいるというだけで私のような女は安心するのね、逆に地方に暮らすと景色のように萎《しお》れてしまう」

「つまらない思い込みだね、どこであろうと人間はそれなりに生きてゆく、だいいちこの街は萎れちゃいないよ」

「考えてみる価値はありそうね、でも東京を捨てるのにも勇気がいるわ」

友美はそう思った。三上が生きていたら考えもしないことであったが、地曳と過ごす時間は愉しく、彼の夢の実現に関わることにも張り合いがあった。

贅沢な食事をしながら、地曳は小出版の夢を語り、彼女は彼の目が自分のこめかみにとまるのを感じた。化粧では隠せない裂傷の跡があるので、つい見てしまうのだろう。気になって口にすると、

「そこだけ見ているつもりはない、君が段々きれいになるから」

という言いわけであった。

「そんなことを言うのはお酒のせいね」

「それもある、いや、まだ酔ってはいない」

彼が三杯目のグラスをあけると、一本のワインはなくなってしまった。友美は飲める方で、二杯のワインでは酔わない。二人は相談してジンフィズをもらった。それもお代わりをしてデザートを待つうち、

「改築の費用を概算してくれないか、本気なんだ」

と彼は話を戻した。書房の開業準備に数年はかかるだろうから、設計図を見られたのはよいきっかけだったとも言った。

「予算が決まっているなら、それに設計を合わせることもできるわ、安上がりの工法も資材もあるし」

「両親に話したら、ついでに全部やってみるかということになった、二人とも君を信用している」

「うれしいけど、それはよくないわ、まず仕事を見て判断してもらわないと、必ずあとで揉めるから」

そう話すうちに友美は急に酔いが回ってきた。まさかこれくらいでと思いながら、上体がふらふらする。長く遠ざかっていたアルコールに衰えた体が反応したとみえて、快い気分ではなかった。焦点まで怪しくなると彼女は化粧室へ立ってゆき、動悸が治まるのを待ったが、なにかしら酔いとは別の不安を覚えて落ち着かなかった。しばらくしてテーブルへ戻ると、地曳が心配そうに迎えて、少し休んだら帰ろうと言った。

「ごめんなさい、これくらいのお酒で」

「まだそういう体なのさ」

彼は情の籠る目で見ていた。

酔いが醒めるのを待つ間のお喋りは男の独演になって、友美は彼の気持ちにうなずきながら、自分も本当のことを話さなければならないと考えた。やがてタクシーを頼むために立とうとした男を制して、歩きましょうと彼女は言っていた。

レストランを出ると、夜の浜辺は海から吹きつける風がまだ冷たく、彼らは寄り添って歩いた。せっかくだから海を見ないか、怖いわ、と言い合いながら、地曳のゆく方へ彼女も歩いた。どこか懐かしい、明かりの乏しい道であった。

ホテルから一足のところに小高い場所があって、砂浜と海が見渡せる。夜の海は濃いものに見えて、漆のように黒く輝いていた。引き込まれそうな暗さであったが、そばに地曳がいるせいか友美は少しも怖くなかった。彼にだらしない女をさらすことこそ恐ろしい気がして、ためらっていると、

「ほら、月明かりで海面が砂丘のように見えるだろう、沖に小さな船の明かりがある、あそこまで歩いてゆけそうに見えないか」

地曳が言い、彼女はいつも想念に現れる海を眼《ま》のあたりにする気がした。

生まれ育った街の夜の海をしっかりと見たのはそれが初めてであった。美しいものに見たのも初めてである。月の光を浮かべた海原のうねりが、たしかに沙漠の風紋のように見えるのであった。その縹渺《ひょうびょう》とした明かりがなんとも言えず美しかった。

「どうだ、捨てたもんじゃないだろう」

地曳は誇らしげであった。生まれた土地を愛し、たぶんそこで終わるであろう人生

に自足しながら、人間は大きい。そういう男を友美は知らなかったから、自分がいっそう薄っぺらな女に思えた。といって三上と分かち合った歳月の喜びに嘘はなく、あれはあれで未熟な日々の実りであろうと思った。ただ、これからも愉しい方を選んで生きてゆくなら相応の信念と分別がなければならず、浅いところで充たされてはつまらないとも思った。

「不思議ね、怖くないわ」

「怖い日もある、だがこの海のお蔭で大勢の人が生活を築いてきた、励まされたり慰められたり、いろいろ考えさせてもくれる、怖い一日のために恨んだら罰が当たる」

幻想的な美しさに見蕩《みと》れながら、友美は心からうなずいた。飛行機が墜ちてから彼女の海は死と結びついてしまったが、ようやく呪縛から解放される思いであった。その場凌ぎではない生活の海を思い出させてくれた男に感謝しなければならない。

「私ね、飛行機が墜ちるときまで男の人といたの、妻子のいる人で、結婚なんてどうでもよくて、愉しければいいと思ってたの」

思い切ってそう口にすると、暗い夜気の中で地曳は笑っているように見えた。うつむいて言葉を待っていると、

「さあ行こう、休みは終わりだ」

彼はそれだけ言った。そうしてなにも聞かなかったような顔で、薄明かりの道へ友

美を促した。すっかり酔いは醒めていたが、彼女は男の腕につかまって歩いた。硬い漁師のような腕に懐かしい力を感じながら、明日から忙しくなると思うと心が弾んだ。まず東京のマンションを引き払い、家に仕事場を作って開業の準備をする。桜の季節までには地曳家の設計図をまとめて、夏の花火のころには着工する。母の畑にごっそりある野菜でオイルフォンデュを作って父に食べてもらう。ときどき地曳と真剣に語らい、自分をさらし、彼の口から小出版の夢を聞き出す。もう少し足が丈夫になったら、二人で半島を巡る旅をするのもいいかもしれない。古寺の丘から雄大な太平洋を眺め、夏なら浜へ下りてゆくだろう。そのときは余韻に浸れる静かな車でなければならない。

彼女は小さくてもいいから自分にふさわしい車を買おうと思い、その気持ちを決定的なものにするために颯爽《さっそう》と地曳家へ通う日々を思いはじめた。道がヤシの並木にかかり、葉風《はかぜ》が見えてくると、寒いね、足は大丈夫かと地曳が言い、彼女はうなずいた。夜の浜辺はひっそりとして、二人のほかに歩く人影もなかったが、暗い残懐《ざんかい》はどこかへ消えて心のうちは華やいでいた。

地先

東京を発つときには肩を濡らした雨脚が房総半島を横切るうちに衰えて、太平洋の海辺をゆくころには眩しい夏が窓外に広がっていた。海風が雨雲を吹き飛ばすのか、車窓を流れる木々も騒がしい。沢井は虚ろな目を向けながら、二本目の缶ビールをあけて飲みはじめた。

外房の海岸線に箱庭のような駅があるのを思い出して、なんのあてもなく出かけてきたのはその日の衝動だが、身のまわりにあふれるエゴや不実に食傷し、下降する気分を変えたかったこともある。去年の秋であったか女と勝浦へ遊びに行った際に覚えた駅は御宿《おんじゅく》といって、ホームに海女の像があるのを見ていた。画家の勘で、なにか描けるだろうと思った。

事前に調べることの苦手な彼は列車も宿も行き当たりばったりであったから、旅支度もあっさりしたもので、画材を詰められる重宝な鞄と常用のデイパックがその日の荷物であった。やがて赤い屋根の眩しい駅舎に降り立つと、あたりは海が見えるでもなく、生暖かい風が吹きつけてくるばかりであった。駅前にしてはかなり背の高いヤシの並木があって風情だが、歩く人影は少ない。数台のタクシーが待つ広場の傍らに観光案内所が見えたので、彼は案内を請い、いくつかの民宿を教えてもらった。女が一緒ならホテルか旅館に泊まるところだが、画材を抱えてきたのと、ひとりの身軽さもあってごろごろできるところがよかった。

海辺の街はひっそりとしながら、初夏とも思えない暑さで、家々の庭に深い茂みが見えたり、立派な松が立ち枯れていたりした。案内所でもらった簡単な地図を頼りに歩いてゆくと、古い家と新しい家のはっきりした街並みの中に東京では見かけなくなった魚屋や木造の医院があったり、潰れかけたような商店が看板も下ろさずに生きているのがおもしろかった。民宿はいくらもあって、学生が好みそうな洋館風の明るい建物もあれば気の荒い漁師が出てきそうな引戸の家もある。どこも新鮮な磯料理が自慢であったが、沢井の目当ては自由気儘な空気と酒と美しい眺めでしかなかった。ひとりで食べる料理などはなんでもよく、東京にいては変えようのないものからいっとき逃れてみたいだけであった。

ぶらぶら歩くうちに「砂村」という民宿の前までくると突然美しい海が見渡せて、彼は好奇心をそそられた。今そこで写生してもよいほどの印象的な眺めであった。色彩に偶然の調和があるし、渚をやや下に見る構図も好みである。描きたいと思うことが今の彼には大事であったから、早くも幸運をひとつ拾う気持ちであった。

見ると民宿の建物はいかにも古い造りであったが、前庭に暖地の趣があって、白い割烹着《かっぽうぎ》姿の女が立派な株立ちのソテツの根元に屈んで土をいじっていた。ソテツは新芽の季節らしく、早緑《さみどり》の柔らかそうな葉をのびのびと広げている。枯れの見える古い葉は切り落とされて、女の傍らに山積みになっていた。彼は観察する愉しみを覚えて、しばらく黙って立っていた。今どき割烹着を使う女も珍しいが、それで汚れる庭仕事というのもどこかおかしい。女は軍手をはめて根元の空洞に黒土を詰めているらしく、掌で土を叩く度に形のよい臀部が揺れて、腰のあたりが柔らかく捻《ねじ》れた。

「娘さん、風来坊が泊まれる部屋はありますか」

やがて沢井は声をかけた。そう呼びたくなる若さが束ねた黒髪や割烹着の後ろあきの背中に見えていた。振り向いた女は思った通り十六、七の幼さであった。都会に群れる十七歳は彼の手に負えないが、一目で醇朴《じゅんぼく》なのが分かった。人に見られていたことに驚いて耳朶《みみたぶ》を赤くしたからであった。薄く開いた唇には可憐さが凝固していた。彼は珍しく自然に微笑みながら、いきなりですまないが泊まれますか、ともう一度訊いてみた。

「はい、どうぞ」

とやはり可憐な声が返ってきた。

立つと娘は小柄で、割烹着の下に素足の肉づきが露《あらわ》であった。時代遅れの前掛けとその下の若さとがちぐはぐな姿は、女性を見飽きた画家の目にも新鮮な刺激であった。それは描くべき対象として沢井の目を愉しませていたが、彼のにやにやした顔の意味に娘は気づきようがなかった。

「ひょっとして、ここの娘さんかな」

「そうです、自慢にもなりませんけど」

娘ははにかみながら案内した。引戸の玄関を入ると、中は想像した通りの古さで、磨かれた床だけが黒く輝いていた。形ばかりの小さな受付に向かって、お客さまです、と娘は人を呼ぶと、自分は会釈して引き返していった。間もなく奥から中年の女性が現れて、それはにこやかに挨拶した。短い髪の耳元から女が匂うような人で、沢井も釣られて頬を緩《ゆる》めた。

「とりあえず三泊ほど頼みます、海の見える部屋があったらそこにしてください」

「どの部屋からも見えますよ、御宿は初めてですか」

娘の母親らしい女はそう言いながら、沢井を値踏みしていた。三泊するにしては荷物が少ないせいであろう。どうせ知れることなので彼は絵を描きにきたと話して、このあたりに眺めのよいところはあるかと訊ねた。

「いちばんはメキシコ記念公園ですね、高台から眺める海は広くて清々します、それから大波月《おおはづき》、小波月《こはづき》の海岸、そこはかつて海女の作業場だったところで今も歩いてゆくしかありませんが、明日でよろしければ娘に案内させます」

「それは助かります、さっきのお嬢さんですね、しかしなぜ庭仕事に割烹着なのです、厨房の人かと思いました」

「昔のものは丈夫ですから、一度ペンキ塗りのときに使って以来、気に入ってなんでもあれでするようになってしまって」

女は苦笑して、どうしてかソテツの剪定《せんてい》が好きな子でよく棘《とげ》を刺してくるが、あれでもうすぐ二十歳なのだと話した。まさかと思いながら訊き返すのも不躾《ぶしつけ》な気がして、沢井は黙っていた。

二階の部屋へ案内されてゆくとき、廊下の窓から庭を覗くと、娘がまだ熱心にソテツの下で働いていた。上から見るソテツの葉ぶりがおもしろく、作業をする娘の姿も若葉のように瑞々《みずみず》しい。それで彼はよいところだと思った。

部屋の六畳間はあっさりとして、意外にも新しい畳表であった。茶盆を載せた小さな卓があり、床の間もどきの板敷きにテレビが据えられ、押し入れには洗濯物を入れるらしい籠が見えたが、彼にはどうでもよいものばかりであった。

窓からの眺めは通りから見た海に近く、サーファーが遊び、海鳥が舞っている。女が夕食の時間を告げて下がると、彼はスケッチブックとコンテを取り出して一枚目の素描を苦もなく仕上げた。悩まずに描けることが愉しく、構図もまあまあであった。久しぶりの感触に安らいながら、明日から新しい表現を試みようと意気込んだ。幸先に祝杯を挙げたい気分であったが、気散じに風紋の浜へ下りてみようかと思い、写生の支度をした。もっとも彼の悟性では美しいものをありのままに写すほど凡庸というもので、白い砂丘と海の調和も化生《けしょう》の美でなければならなかった。

民宿のサンダルを突っ掛けてソテツの庭へ出てゆくと、娘が山積みの葉を刻んでゴミ袋に詰めていたので、

「大仕事だね」

そう声をかけると、汗を浮かべた顔ではにかむだけであった。割烹着が汚れた分だけ娘は清く見えた。

少し歩いて砂浜に立つと写生には向かない風が立っていたが、海が匂い、目に入るものはおよそ美しかった。毎日の風でもないだろうと思いながら、彼は渚を歩き、小さな白い蟹や花弁のように薄い貝殻を見つけた。あくの強い都会の日常に染まって、そういうものに目を向けずにきたせいか、なにか貴重な素材を眺める心地であった。

風呂を使った夕方、食堂へ下りてゆくと客は沢井ひとりであった。娘の給仕で酒と食事をもらいながら、名前などを訊き出していると、酒瓶と湯呑みを手にした母親が調理場から出てきて、一杯だけご一緒させてくださいと向かいに腰掛けた。いける口

らしく、小皿の味噌と「岩の井」という土地の銘酒を沢井にもすすめた。ほかに持てなす客がいないせいか、娘はさっと引っ込んでしまった。

「このあたりは海女の村でしたから、女も結構やるんですよ、ノンアルコールのビールなんて見向きもしません」

「たしかに漁師や海女にノンアルコールは似合わないね、海で働いたあとの酒は格別だろうし」

沢井も笑いながら言った。

家庭的な雰囲気の食堂は居心地がよく、女主人は気さくで、酒もうまかった。土地の匂う雑談というものに久しく縁のなかった彼は彼女の親の代には海女芸者がいたことや、浜には裸同然の男と女が働いていたことを聞くと、青木繁の「海の幸」を思い浮かべたりした。女もその絵を知っていて、あのまんまですよと言った。

「あの絵は確か館山の方の漁村だったと覚えますが、ここも九十九里も漁師は似たようなものでした、それが今ではウェットスーツを着て鮑《あわび》をとるんですから」

「絵にならないね」

「胸板も足腰も見えない男なんて勇ましくありませんよ、昔の漁師は働き過ぎて痩せてたって強く見えたものです」

沢井は女の言葉になにか懐かしいものを感じて安らいでいた。酔っても自分のことを話す気にはなれなかったが、訊かれもしないのがよかった。女は話し好きで一杯ではすまなかったが、乱れることもなく、愉しい語らいのときが流れた。民宿で結ばれる男女の艶話などが飛び出してくると、沢井も興に乗って酒を過ごした。

「もう少ししたら御宿は若い人でにぎやかになります、うちも東京や千葉の学生さんを迎えて大忙しです、美大生もきますよ」

「今の学生は自由でいいね、僕らのころは夏休みといえばアルバイトだった、それも大道具の製作所や美術館の下働きでね、そのまま社員になった奴もいたな」

「ここにはそんなバイトもありませんわ、あっても才能がなければできないし」

「そんなこともないがね」

美大生の実力を知る沢井は自嘲した。

自分が岩和田《いわわだ》という場所にいること、女が未亡人であること、だっぺ言葉が残ることなどを知るうち、二人で四合の酒瓶と数本のビールをあけてしまい、

「ああ、もうこんな時間ですよ」

女が言ったときには焼酎をしたたか飲んでいた。やがて娘がおにぎりを作って持ってきたので、それを潮に沢井は腰を上げた。

「月子《つきこ》さんだったね、ありがとう、明日もよろしく頼むよ」

「はい、絵を描くんですね」

娘は興味があるらしかった。

部屋へ戻ると床が延べてあって、板敷きにスケッチブックが開いていた。彼は酔った目で今日という日の成果を確かめながら、もっとよくなる、と酒の力で信じた。

その夜も遅くなって、電源を切り忘れていた携帯電話が鳴った。仕方なく出ると、東京の英恵《はなえ》からであった。

「要《よう》ちゃん、今どこにいるの、ねえ、どこにいるのよ」

運送会社の女社長は酔っていて、沢井が布団で休んでいると話すと鼻で笑った。

「女がいるのね」

「ひとりですよ」

「うそ、どこにいるのよ」

甘えながら問い質す女の声は画家のなけなしの意欲を萎《な》えさせるものであった。

「明日にでも改めて連絡するから」

その気もなく言って電話を切ったあとにも嫌な重さが残り、彼は悪態をつくかわりに携帯を屑籠へ投げつけた。電話機は籠をかすめて壁に当たったらしく、夜の底から女の高笑が跳ね返ってくるようであった。

東京の美大で油彩や日本画を学んだからといって、そのまま絵を描いて食べてゆける人は少ないだろう。大学の研究助手や美術の教師になったり、企業の中でデザインを仕事にしたり、人の絵を飾る側に落ち着いたりと志や夢から逸れた道へ進むのが普通である。名のある美術展に出品し、落ち続け、やがて画壇の権威に不信感を抱くようになった沢井は似たような仲間と展覧会を開くことでどうにか食べていた。だが生活苦と団結は反りが合うようで合わない。ひとりまたひとりと抜けて、十人展が三人展になり、やがて生き延びたものが艱苦《かんく》の果てに個展に辿り着くのであった。沢井はそれにも十年かかった。

その間の暮らしは生活と呼べるものではなく、家賃と食費の遣り繰りに追われ、挫折の不安と闘い、自分で自分の才能を疑う日々がつづいた。寝食を忘れて傑作を生み出したところで、売れなければ画家とは言えない。ごまんといる好事家《こうずか》のひとりに過ぎない。一枚の絵を求めてくれる人の存在は芸術愛好家を気取った千人の鑑賞よりもありがたく、重たい。当座を生きるための資金と自信になるからであった。

「これとこれ、それからあれも、いいえ残っているものは全部いただくわ」

伝《つて》とも言えない縁と画商の厚意とで実現した小さな個展の会場に、そんな女が現れたのは奇跡であった。女は画廊の招待客であったが、一目で沢井の絵を気に入ったとみえて購入をためらわなかった。やがて後援者《パトロン》になる女に彼は食事に誘われ、いいように含められて、個展が終わると半ば彼女のために描く画家になっていた。事業に成功し、離婚し、金も体も自由にできる女は非力な才能を援助することに人生のもうひとつの意義を見出していた。それだけならよかったが、芸術に関わる人間を美化して自惚《うぬぼ》れていた。

それまで貧しさに埋もれていた男は人生を愉しむことを知り、商売上手な女のお蔭で売れる絵を覚えた。かわりに追従することになった。恵まれた女は年下の男を自由に泳がせながら、最後は自分のところへ戻ってくる帰巣性を植えつけた。沢井が夜遊びを覚えても、ふさわしい歳の女とどこかへ遊山に出かけても、いいのよと言った。そこまで寛容になれるのは代替品に困らないからで、仕事となると経営者の顔で社員の男たちを顎《あご》で使う人であった。

会場を替えて繰り返す個展は彼女の才覚でにぎわった。ファンがつき、画家に向かってもっともらしいことを言い、人に自慢するために買ってくれる。額縁の方が値打ちのある絵を観て、素晴らしいですねと言う客に出会うと、沢井は失望から頭を下げた。売れるのは小器用な小品ばかりであった。

「いっそ画廊を持ちましょうか」

あるとき英恵が言い出した。画商でもない女が画廊を手に入れてどうするのか、沢井はぞっとした。一年中、ひとつ所で、沢井要造展をつづけてにぎわうはずがないし、斯界の笑いものになるのが落ちであった。英恵はかまわないと言った。

「私はあなたの描くものが好きだし、個展で儲けようとは思わない、画廊といってもピンからキリまであるわけだし、どうせなら沢井要造を核にして若い才能を並べた方がおもしろい、私にとってはただの箱よ」

「冗談じゃない」

沢井は初めて逆らい、夜の街へ飛び出していった。そのくせ一週間もすると、彼女の家で次の個展の相談をしていた。

怖れるもののない女の言動は奔放で、急に娼婦を演じてみたり、自分が庇護する男に甘えたりした。まれになにもかも忘れて充足するとき、彼女は可愛い女になって、ねえ要ちゃん、私を描いてくれない、とねだった。年齢にしては弾力のある裸体であったが、彼の目には染めた髪や化粧が邪魔であった。ふざけてベッドの上でとるポーズはしどけなさすぎて、世辞にも美しいとは言えない。仕方なくマティス風の線描で木炭画にすると、芸術的ねえ、と喜んだ。

もともと彼の絵は美しいものを忠実に写しとることを放棄した表現の絵であるから、そのために画布をさまようことはあっても、単純な美を求めてこねくりまわすようなことはしない。素材そのものの質がよくないなら描かなければよいのだし、よいものならとことん向き合う。そうして描いたものが芸術と呼ばれるなら、それでよかった。

遊び心でマティスを気取ることはあっても、彼の亜流と囁かれることには抵抗がある。その違いを英恵に説明しても分かってもらえない。彼女は贋作《がんさく》でなければ一枚の絵に模倣もへちまもないという考え方で、快く眺められるものを絶賛し、そうでないものはたとえ世界的な名画であっても扱《こ》き下ろした。自分の感覚だけを信じる人にとって、専門家の考察などは駄文に等しかった。

「だって、誰かがいいと言うから素晴らしいと思う方がおかしいでしょう」

奔放に生きる女の奔放な理屈であった。そういうものが二人の関係にも根付いて、支離滅裂で秩序のない日常に沢井は虚しさを覚えはじめていた。

九州で開いた個展が次々と失敗し、うなだれて東京へ帰ってきたとき、英恵の家に実業家らしい中年の男がいるのを知ると終わりだと思った。当座の生活には困らないだけのものがあったし、追従と虚飾の歳月のうちに酸いも甘いも味わい尽くしていたから、ひとりの画家に還ってやり直したいと考えた。そう決めると、与えられてきたものに未練はなかった。しかし英恵が黙って放してくれるかどうか、彼女には複数の男と薄くつながりながら老いてゆくという放恣《ほうし》な夢がある。手塩にかけた男の叛意《はんい》を知ったら、今さらひとりでなにができるとせせら笑うに違いなかった。けれどもまた一から自分の絵を作ることを考えると、彼にもそう長い時間が残されているわけではなかった。英恵の嫌がらせや世間の中傷には耐えられるとしても、若さという不敵な情熱を失い、妙な知恵がついた分だけ苦しい創作を覚悟しなければならない。そう思いつめたときから、無謀な夢を見はじめたとも言える。もし英恵の保護から完全に逃れることができたら、一枚の画布にも自由が戻るはずであった。そのために彼はいずれ東京の暮らしも人脈も捨てることになるだろうと思った。


美しく晴れた朝がきて、さして風もないのを見ると、沢井は月子の案内で写生に出かけた。母親の朱美《あけみ》が大波月の近くまで車で送ると言ったが、どこでなにを描くか知れないので娘と歩く方を選んだ。彼女もピクニック気分らしく、そうしましょうと言った。白いガウチョパンツに白い長靴という気取らない支度で、弁当や飲物を入れたバッグの紐をティシャツの胸の谷間にかけた姿はどう見ても少女であった。

「都会の人はこんな恰好しませんよね、うちに泊まる女子大生なんか、みんな綺麗でモデルさんのようです」

「化粧のせいさ、みんな同じ顔をしているだろう、つまらない青春だと思うね」

「私、ハイヒールって履いたことがありません、たぶん一生履かないんじゃないかな、だいたい街に売ってないし」

眩しい陽射しの中を歩きながら、娘はぼそぼそと話した。終始うつむき加減の頬に恥じらいを浮かべて、歩き方もどこかのんびりしている。なにか悩ましいことでもあるのだろうかと沢井は気をまわした。

しばらく車道を歩いて漁港の端から緑の丘を登ってゆくと、それまで見上げていた白い塔が現れて、メキシコ記念公園というらしかった。塔へ向かう階段を上ると一気に眺望が開けて、網代湾《あじろわん》の白浜が海をいっそう鮮やかに見せてくれる。アカプルコに似ているそうです、と娘が誇らしげに教えた。

フィリピンからメキシコへ向かったスペイン船が暴風雨のために岩和田沖で座礁したのは一六〇九年九月の夜のことだという。村人が漂着した生存者を守ったことが三世紀も経てから顕彰されて、メキシコとの交流がはじまった。高台の立派な塔はその象徴で、人間は歴史を形にすることで安らうらしいと沢井は見上げたが、描きたいと思うのは眼下の海であった。弓なりの渚に白波が美しく寄せていて、岬の突き出し具合も適当である。

「少し時間をもらうよ」

彼は言い、スケッチブックを広げて描きはじめた。構図を摑むと、彼の手は素早い。月子は少し離れたところからコンテの動きを見ていたが、だんだん近づいてきて、仕舞いにはそばから覗き込んだ。

「こんなに速く上手に描くところを見るのは初めてです、天才ですね」

「天才はそんなにいないよ」

沢井は笑った。絵に見入るとき、月子は近眼なのか目を細めた。顔を上げると今度は大きく目をあけて、やっぱり凄いなあ、と感嘆した。さらさらしたほつれ毛が沢井の肘のあたりをくすぐっていた。

「絵の具は使わないのですか」

「今日はね、一番描きたいものが決まったらイーゼルを据えて画具を広げる」

彼はすぐそばに恰好な素材がいることに気づいていたが、拒むであろう娘の羞恥を切り崩す言葉が見つからなかった。醇朴な子を相手にぶってみたい気持ちも湧かない。コンテの素描に感嘆する娘であったし、その美しさもそこにあった。

方角をかえて次のスケッチをする間も月子はじっと見ていた。ときおり景色と絵を見比べては小首を傾げ、やがて微笑み、沢井を見つめる。ほとんど気にならない視線はむしろ快く、彼はやはり描きたくなって、終わるとそう言っていた。

「十分、いや五分ですむから」

「私なんか」

月子は顔を赤くしたが、それがまた画家の心をくすぐる可憐な表情であった。ためらう隙に描き出してしまうと、彼女は恥じらいながらも動かなかった。一気に描いた絵は気持ちが入った分だけ生き生きとして、いくらか大人びた女性が生まれた。見せると、絵の方がきれいですね、と月子ははにかんだ。控えめな花に沢井が情感という水を注いだからであろう。

荷物をまとめて丘を下りてゆくとき、その絵はどうするのかと訊くので、沢井はほしいならあげるよと言った。かわりにまたモデルになることを約束させた。

「今日明日しかありませんね」

「いや、もうしばらくいようと思う」

すると娘は両肩を揺らして歩いた。それだけのことで、ほとんど車の通らない道に微かに花の匂うような気配が広がっていった。

海岸線の車道に出て間もなく、草むらに挟まれた細い坂道を下ってゆくと、プライベートビーチを思わせる小さな砂浜が現れて、そこが小波月の海岸であった。岩陰から海女たちが出てきそうな風情である。沢井が一目で気に入ったのは風浪《ふうろう》に浸食された陸《おか》の形状とその壁の洞穴《ほらあな》であった。登れそうなところに小さな洞がいくつもあって、中には清水を流すものもある。足跡のまったくない浜が美しく、海は穏やかであった。沢井がすがすがしい眺めに見入るそばで、月子はいつのまにか脱いだ長靴の泥など落としながら、

「ここで私のおばあちゃんも働きました、昔は海女がたくさんいて、組を作ってそれぞれの浦で働いたそうです」

そう話す声は心なしか感傷的であった。

「見たことがあるの」

「いいえ、私が生まれる前にほとんどの海女がやめてしまいましたから、でも写真はあります、とても大きな写真が駅前の資料館にもありますし、岩瀬酒造のギャラリーにはもっとあります、おばあちゃんのもあります」

「それは見ものだろうね」

当時の村の生活を想像した彼は貴重な写真が残ることに感心し、期待した。絵に描いた人もいただろうと思うと、海女の血が流れている娘をやはり描いてみたいと思わずにいられなかった。神経をとがらせて探すまでもなく、絶好の素材と情景がそこに見えているからであった。

彼はまず洞の並ぶ陸地の突端に向かってスケッチブックを縦に広げた。澄んだ大空に守られた渚と洞の明暗は悪くない。感性のフィルターを透《とお》すことで自然美が芸術に昇華されるなら、小さな絵にも永遠の命が生まれることになろう。そんなことを思うのも久しぶりのことであった。

小波月の砂浜は短く、海女たちの基地としては頼りなく見えるが、すぐ先の海の底には豊富な幸が潜んでいる。ワカメやカジメやそれを食べる鮑《あわび》などで、小波月にも海藻を採る海女の組があったという。半裸の女たちが重たい海藻を浜に引き揚げ、弁当を使い、焚き火にあたる姿はもう見られないが、彼女たちが重宝したであろう清水は尽きていない。沢井が黙々と描いていると、またそばに寄ってきた月子が、

「あの洞に立つ海女の写真があります、若い人ですが、今の女性よりずっとたくましい感じがします」

　そう言いながら素描を覗いた。

「裸かい」

「半分だけ、磯パンツを穿いてますから」

「そんな女性を描いてみたいね」

　沢井は微笑を浮かべながら、そばにいる娘の裸体を見ていた。軽装の下の肉体を思うのはたやすいことであったが、美しいから描くという画家の願望だけでは許されないものがあった。娘の清潔さは無上の魅力だが、親近感が邪魔でもある。まだ若い女の羞恥を思いやるくらいの優しさが残っていることを密かに笑う気持ちでもあった。

「もう五十年早く生まれていたら、ここで見られたのになあ」

　そう言うと、月子も笑った。

　数枚のスケッチを仕上げる間、彼女は渚で長靴を洗い、ぶらぶら歩くだけであった。沢井はときおり目をやりながら、美しい姿情をとらえると素早く素描した。遠い水平線を見つめて佇んでいる姿などは迷子の人魚を思わせて、ついそんな肢体にしてしま

った。すると絵がなんとなく匂い立ってきて、現実の娘と引き合うことになった。彼はさして考えることもなく、素描の下に「フェアリー」と記した。するうち娘が歩いてきたので、スケッチブックを閉じて言った。

「暑くなってきたね、歩いたせいか腹もすいた、少し早いが弁当にしないか」

「清水のそばが涼しくていいと思います」

月子は先に駆けていって腰かけになる岩を探した。洞のまわりの岩が階段のようになっていて、飲物や弁当を広げるのにちょうどよかった。彼女は手拭いを差し出しながら、清水で手を洗うといいとすすめた。

弁当というのは白いおにぎりと漬物の詰め合わせであったが、美しい景色のせいか沢井は贅沢なものに感じた。漬物の隅に小魚の佃煮がいて、それも妙に懐かしい気がした。

「きっと海女はたくさん食べただろうね」

「重労働ですから、どか弁です、浜に車座になって御数を分け合ったり、仲のいい人と話し込んだり、愉しかったみたいです」

「そういう暮らしがいいね、都会はつまらない、みんな利口ぶって白けた心をしている」

「テレビで見ると愉しそうです」

「作り事だよ、充実した日々も複雑な人間関係もね、都会人を気取って目先の仕事に流されながら、たいしたことは考えていない、多忙な大勢のうちのひとりに安心するだけのことだろうな」

　そんなことを口に出す自分が沢井はおかしくなって、こうして君といるとお喋りになると笑った。月子も愉しそうであった。少しもじもじしたあと、不意に沢井さんは独身かと訊くので、そうだよと答えると、またもじもじしながら言った。

「男の人がひとりで絵を描いて生きてゆくのって素敵ですね、自由に暮らして、気儘にどこへでもゆけて、いろんな人に会えて、佳いものが描けたら幸せですよね」

「まあね」

　沢井は反論する気にもなれずに笑っていたが、あまりに汚れのない考え方であったから却《かえ》って胸に応えた。彼のこれまでの歩みにそんな単純な発想はなかったし、いつのころからか名利《みょうり》という怪物を意識し、生活のために描く日常であった。画家の現実など知らない娘は旅の絵描きに偶像を見ているのかもしれない。少なくともふらりとやってきて何泊もできる自由と豊かさは憧れであろう。

　食事がすむと、彼は大波月へ移ることにして、後片付けをしている娘にそう言った。いくらか足が疲れていたが、美しく晴れているせいか気持ちが乗っていたし、こんな日はそうないだろうと思った。そのとき海に光るものが見えたので渚へ歩いてゆくと、漁の船らしかった。あとから月子がやってきて、鮑採りでしょうと一緒に眺めた。高いから自分たちは滅多に食べないという。沢井は彼女の耳がなんとも可愛らしいのに気づいて、次は頭部のデッサンにしようなどと考えるうちに早く描きたくなってきた。

「大波月はあの崖の向こう側だろう、近道はないのかな」

「引き潮のときなら、なんとか渚伝いにまわれますけど、ひどく濡れてしまいます」

「今はどう」

「だめです、波に足をとられて攫《さら》われます」

月子は少しばかり鼻を高くして、そんなことになるといけないからついてきたのだと話した。そういう気遣いに馴れていない沢井は自分の鈍さを教えられた気がしたが、不愉快になるどころか娘の清らかな笑顔に見入っていた。海辺の素朴な暮らしに触れて素直になっているのかもしれなかった。この娘といると嫌なことを忘れてゆけるのが不思議でもあった。

彼らは来た道を車道へ戻りながら、

「今日もお客さんは来ないようだね、このままだといけないね」

「はい、干乾しになります、シーズンが来る前に飢え死にです」

色変わりする海を無視して言い合った。

週末になると、しかし「砂村」は都会の学生やサーファーでにぎわった。もう夏休みという大学もあるのだろう。五、六人のグループが二、三組もやってくると小さな民宿は大変な騒ぎであった。たちまち女主人はひとり三役の忙しさになって、月子も割烹着姿で立ち働いた。学生たちが海へ遊びに出るとしんとする家の中で、夕食の準備に追われる二人は真剣であった。親子連れには沢井と同じ磯料理の膳が、学生たちには調理の手間のかからないバーベキューが用意されてゆく。沢井はなにか手伝いたい気持ちで見ていたが、機敏な女ふたりの手際には立ち入る隙がなかった。

「騒がしくてすみません、あとで絵を見せてくださいね」

月子は笑顔を向けながら、立ち止まっていなかった。

彼は自転車を借りて足りない下着やシャツを買いにゆき、ついでに海岸通りを南へ走ってみた。弓なりの砂浜を挟んで岩和田を向こうに見る場所にも漁港がある。対称の位置にある二つの漁港は生活の砦だが、週末のビーチには若い人影が増えてすっかり遊び場の気配であった。艶やかな肉体が海に浮かび、渚に遊んでいる。彼はホテルの並ぶ通りからしばらく眺めていたが、描くならやはり月子だと思った。どうしてか水着の女性よりも割烹着の娘の方がよい素材に見えてならない。贔屓目《ひいきめ》でも欲望でもなく、ただ描きたいという原点に還ってきた自分を知ると、いくらかほっとする気持ちであった。素材を選ぶ目が確かなうちは佳いものが描けるはずだし、描くことは意欲と技術のせめぎ合いでなければならなかった。

帰り道、ふと月子の言っていたギャラリーを思い出した彼は岩瀬酒造を訪ねて昭和の海女の写真を見た。案外な数と迫力のモノクロ写真はどれも生き生きとして、美しい肉体が労働の浜に躍っている。今よりも遥かに素朴で生命力に満ちた女たちはたくましく、原始的ですらある。胸の美しい若い海女の姿が月子に重なる。写真を撮った男は幸せだったろうと羨みながら、どうして彼は裸婦の社会にカメラを持ち込むことを許されたのだろうと思った。海女たちの表情に恥じらうようすはなく、むしろ撮られることを愉しんでいるふうであった。そこがまた大らかであった。

民宿へ戻ると、夕食にはまだ間がある時間で、月子は裏庭でバーベキューの支度をしていた。食材や食器を載せるテーブルを挟んで左右にグリルがセットされている。沢井はなにをするというのでもなく覗いて、椅子を運んでいる娘を見ると手を貸しながら、

「海女の写真を見てきたよ」

自然な肉体美に触れた喜びを話した。

「おばあちゃん、分かりましたか」

「無理だね、名札でもついていれば別だが」

「次は一緒に行きましょう」

月子は言ったが、その日から宿泊客が途切れることはなくなり、女ふたりは休む暇がなかった。彼は夕食後も食堂に残って酒を嘗めたが、女たちは一日の片付けが終わると朝食の準備をはじめるので、ゆっくり話すこともできない。日中は掃除や雑用で目がまわるほど忙しい。月子はいつのまにか沢井の部屋もきれいにして「今夜は肉です」などとメモを残したりした。

晴れていれば彼はひとりでスケッチに出かけたが、気が乗らずにただ海辺を歩いて帰ってくることがあった。今どきの学生や恋人を観察し、喫茶店で本物のコーヒーを飲み、我が物顔のサーファーに眉を顰《ひそ》めた。そのうち民宿に籠って、働く娘を描くようになるのもなりゆきであった。

あるとき急に台風が接近してキャンセルが出ると、民宿は一遍に静まり、雨もよいの中を東京へ帰る客がつづいた。海の色が沈んで嫌な気配が街を包んだが、母娘にはよい休養であった。

「いい絵が描けましたか」

食堂の片隅でその気もなく静物を描いていると、月子が覗きにきた。

「だめだね、風景はまあまあだが、人物がよくない、私は空想では描けない画家でね、無理に描くとどうしてもよいものにならない」

「なぜ画家は裸の女性を描くのでしょう」

「むろん美しいからだよ、この世で最も美しいものと言っていいだろう」

沢井はよいきっかけができたと思い、一度モデルになってくれないかと訊いてみた。描きたいと思わせる美しさを月子の表情や姿態に見ていたからだが、それを説明すると彼女は下を向いてしまった。

「裸婦像といってね、絵描きの世界ではそう珍しいことではない、我々からすると単純なことなんだがね」

「お茶を淹《い》れてきます」

月子はうつむいたまま小声で言い、調理場へ隠れてしまった。

夕方から空が荒れると、海辺の街は吹き曝《ふさら》されて、潮の雨が窓ガラスを叩いた。

「停電になるかもしれない」

「懐中電灯の電池を出しておきなさい、それからポットにお湯を溜めて」

女たちは思いつくことをして備えた。

やがてお喋りで一日を潰した学生たちが下りてきて、食堂を占拠した。沢井は隅っこの席でビールをもらい、どうでもいいような話に盛り上がる幼さを眺めた。無為に過ごしても彼らの食欲は旺盛で、男たちは品のない食べ方をした。食卓に載せられたものは醤油でもなんでもたっぷり使い、仲間の女性に笑われるのを愉しむ。女学生は子供のようにはしゃいで、たいした意味もなく、きゃあきゃあ言った。それで大学生であった。沢井は苦い顔を伏せながら、彼らの歳のころ、電車賃にも事欠いて、徒歩で通学した日々を思い起こした。そのころと今の生活はもちろん、人間の中身にも大きな落差のあることが自分のことながら不愉快でならなかった。

その夜、食事の済んだあとも彼は月子の手がすくのを待つために飲みつづけた。客の少ないわりに雑用の多い夜らしく、彼女はときどきどこかへ姿を消して、またしばらくすると調理場へ帰ってきた。風も雨も激しくなっていたが、声で分かった。

「おばあちゃんが怖がってる」

耳を澄ましているとそう聞こえたので、沢井はどこか家の奥に月子の祖母が寝たきりでいるらしいことに気づいた。それまでの彼女の言動からは思いつかないことであった。つまり民宿はほかにどうしようもない生活の手段であって、女たちはどこへもゆけない身の上なのであった。月子が自身の可能性を捨てて肉親に尽くしているのだと思うと、自分の甘さを蹴飛ばしてやりたい気がした。世馴れない顔をして逆境に耐えている女がいじらしくもあった。

飲みさしの焼酎を最後の一杯にして部屋へ戻ろうとしたとき、母親の朱美が食堂へ出てきて、ごめんなさいね、と言った。

「ひとりじゃつまらないでしょう、こんな夜こそお付き合いしたいんですけど、なんだかやることが多くて」

「女ふたりでこの商売はきついね」

「そうなんですよ、でも夏が終わったらさっぱりですから、今のうちに働かないといけません」

女主人は腰かけて、沢井のグラスに酒を注ぎ足した。それからためらいがちに言った。

「娘のことですが、実はまだなにも知らない子供なんです、ですから裸の絵はちょっと困ります」

「そのことならもう無理強いはしません、絵描きの欲でつい言ってしまいましたが、考えてみれば失礼な話です、風来坊は不躾《ぶしつけ》でいけませんね」

「むかしの海女だったら、なんでもないことなんですけどねえ、でも女の裸なんてひとりだからいいもんでしょう、二十人も三十人もいたらぞっとしませんよ」

朱美の言葉に彼は気が緩んだが、笑えなかった。ひっそりと奥の間に眠る人が実母かどうか、この人も家に縛られた口かもしれないと思った。それをまた月子が引き継ぐのかと思うと、たまらない気がした。老いた海女は輝く海の夢を見るに違いないが、月子になにが残るだろうかと考え、一枚の絵に彼女の美質をとどめてやりたいとも思った。それは画家の欲を超えてゆく感情であった。

「飲むしかない夜ですね」

「どうぞごゆっくり、私たちもしばらくは起きてますから」

女主人は笑《え》んで離れていった。

食堂にひとり取り残されると、嵐の音が迫ってくる。彼は壁のカレンダーを見て、そろそろイーゼルを立てようと思いはじめた。急げば秋の美術展に間に合うはずであった。そこから出直そうという気持ちになれたのは美しい海と人のお蔭で、御宿へきてから半月近くが経っていた。こんな自由と休らいが待っているとは思わぬことであった。

それまで彼のまわりには成功者が集まるわりにつまらない人生がごろごろしていた。家庭や仕事に恵まれ、社会的信用に自足しながら、精神の基軸になんら豊かなものを持たない人たちであった。自分もそのひとりで、かろうじて創作から誇りをもらってきたに過ぎない。それも偽物だと気づいた。そう教えてくれたのは月子で、美しいものを生み出す画家が人間として優れているのではなく、美しいものを吐き出す人にこそ人間的価値が潜んでいることを、あの近眼の瞳で語り、長靴の足で歌ったのだった。

「私、ハイヒールって履いたことがありません、たぶん一生履かないんじゃないかな、だいたい街に売ってないし」

そう聞いたとき、彼はそのゆったりとした諦観に救われる気がし、その瞬間を貴重なものに感じた。娘の美質を言葉にするなら、洗い立ての割烹着のように清潔で親しみやすいことであった。

酔いながらも彼は取り返しのつかない歳月の苦さに嬲《なぶ》られていったが、断ち切るための物思いでもあったから、それから二日後に訪れた晴天は煤《すす》けた精神を明るくした。おいしい朝食をもらい、シャワーを浴びて、眩しい陽射しの中へ出てゆくと、月子がホースの水で家の外壁を洗っていた。水は結構な勢いである。画具を担いだ沢井を見ると、

「もう塩だらけですよう」

割烹着の袖をたくしあげて明るく言った。

「台風のあとはいつもこうするの」

「そうです、ほら白っぽく光って見えるでしょう、あれみんな塩です」

「家を丸ごと洗うのか、なんだか凄いね」

沢井は月子の横顔に見入りながら、やはり美しいと感じた。美術展に出品する作品のイメージが頭の中に生まれて、彼女を見る度に絞られてゆく。だがモデルは頼めない。日常の姿から理想の裸婦像をイメージすることはできても、これまでの手法で幻をカンバスに定着させることは不可能であった。

「今日はどちらへ」

「近くの浜を歩いてみようと思う」

「浜は人が出ますね、もう車がどんどんきています、熱中症にならないように気をつけてください、お水は持ちましたか、近道は危険ですよ」

親身な言葉に送られて彼は地先《ちさき》の浜へ出かけていった。前に月子と弁当を使った小波月である。あそこならサーファーもこないだろうと思い、坂道を下りてゆくと、漁港のあたりはひっそりしている。渚に遊ぶ人群れを遠くに見て小波月へ向かう間に水着の人影を忘れ、かつての海女の営みを思い巡らした。やがて地先の砂地に荷物を下ろし、イーゼルを組み立ててから、彼は自分自身と向き合うために座った。台風のあとの海は穏やかで、波音も優しい。夏の陽射しとともに楽園が戻ってきたのを感じる。人間はなぜ海を美しく見るのだろうかと自問し、返答に迷うのも現実の観察を怠ってきた報いであろう。もともと美しいものでできている世界を汚しているのは自分を含めた小利口な人たちで、月子のような澄んだ目を持たない。そのくせ美しいものを求めるのだから始末が悪い。絵を描いて生きてゆくしかないなら、それこそ人生を懸けなければならないが、生活苦や孤独や枯渇を怖れて汚れた川の流れに呑まれてきたのであった。

この自覚はしかし、とらえた対象を感じるままに表現しようという原点の気持ちへつながった。ひとりに還れば、ほかに切り抜ける術《すべ》を知らない不器用な画家であった。

堕落した思考を笑う海と、浚《さら》う海とがあって、今は浚われている気がする。彼は溜まりつづけた澱《おり》を洗われる心地でターコイズブルーの波を眩しく眺めた。一日の旅では気づきようのない土地の生活の重さが意識の底にあって、海辺の小さな社会に同化しつつある自分を感じる。沢井要造と聞いても画家と分かる人のいない街だからか、汚れも驕《おご》りも消え去る。潮の匂いに休らいながら波間にたゆたう海鳥を見つけると、その恬淡《てんたん》とした姿に捨てることのできない家を洗いつづける娘を思い合わせた。今は東京をひどく遠くに見るのも、彼女が近いせいであった。地先の浜が新しい画室であった。

しばらくして携帯電話を取り出すと、彼は東京の小野田英恵に電話した。カンバスに向かう前に、ある決意を告げなければならないと思った。土曜日の自宅で電話に出た女はまだ寝ていたらしく、

「あら、要ちゃんなの」

としゃがれた声であった。

「連絡が遅くなってすまない、いろいろ考えることがあってね」

沢井はベッドに男がいるのを感じたが、かまわずに話した。そういう女を自分が見ていたことがあって、すぐ別の顔を作ることも分かっていた。

「朝からむずかしい話のようね、水を飲むから少し待って」

そう言いながら男に目と指で合図するさまを沢井は思い浮かべた。水を飲む気配のかわりにベッドを移る音が聞こえて、

「心配してたのよ、不意にいなくなるから」

　甘ったるい声がつづいた。

「人生の節目というやつだろうな、自分の絵や仕事を見つめ直すときがきたらしい、今やらなければ永遠にできそうにないから」

「それでいい絵は描けたの、無理しないで早く帰ってらっしゃいよ、秋の個展の準備があるでしょう」

　狎《な》れすぎた男と女の関係をつなぐ絵も限界にきていて、実質のないものに思われた。巧みな演出で画料を稼いでくれる、まがいの芸術でしかない。女はそういうはったりが好きなのであった。

「悪いが、そうもゆかない、個展はしばらくやらないつもりだ、いつかやるときがきても君の世話にはならないだろう」

「今さらなにをいうの、もう画廊も押さえてあるのよ」

「別の画家を使えばいい、代わりはいくらでもいるだろう」

　彼女は絶句したが、気を変えるのも早かった。怒りを膨らませた胸から露骨な感情を吹きつけてきた。

「思い上がるとひどい目にあうわよ、ひとりでなにができるというの、今すぐ帰ってきなさい、あんたには大金をかけたし、いい思いもさせている、食い逃げは許さないわよ」

電話が切れてから、沢井は女の正体をしみじみ味わった。分かっていたことであるのに流されてきたのは、自分にも彼女を利用する気持ちがあったからだろう。持ちつ持たれつというには生臭い仲であったし、壊れたところで絶望が待つわけでもない。ある歳月が封じ込める哀楽と虚実が生々しく残るだけである。

うそ寒い感懐に浸っていると、渚に風が立ってきた。海原を掠めてくる風は生熱く、潮の香のうちにも海藻が匂い、どこかに潜む海女を感じる。かつての海女の村の地先に憩う霊のような気がして、彼はとらえたいと思った。刈ったカジメを浜へ揚げるとき、海女たちは担いだのであろうか、曳いたのであろうか。ギャラリーで見た古い写真や娘の話を思い出していると、果たして目の前に海女の幻影がちらつきはじめた。土地の娘を観察したことで見えてくる幻であろう。像は霞んでいたが、そこから画家の目が美しい素材をこしらえてゆく。まもなく創作の域に現れたのはカジメの重さに耐えかねた若い海女の姿であった。渚に立ち尽くす半裸の娘が実像と同じ質感で迫ってくると、彼は立ち上がってカンバスに画紙をとめ、パステルを手にした。油彩ではとても間に合わない。幻と分かっていながら、対象をとらえると、空想を拒んできた画家が描くことに溺れてゆく。思いがけない興奮と充実のときが待っていた。

　割烹着の娘と同体の海女は濡れた黒髪を肩に垂らして、渚の波に足を踏ん張り、上体を反《そ》らしながらカジメの束を引き上げようとしている。美しく締まった胸が若さだけでなく女体の力を見せる。理想の女性美がいま彼の脳裡にありありと浮かんできたのであった。

　儚い像を逃さないために念力の幕を張ると、風も波もとまったように見えた。その瞬間、彼は張りつめた想念から生まれる静謐《せいひつ》な美をとらえた。別れてきた娘がすぐ近くにいるのを感じ、なにかしら清澄な気配に充たされてゆく。やがて画紙に現れた裸像に血が流れるのを見ると、これまでの絵ははったりでしかなかったと思った。現実の観察をないがしろにした創造は独り善がりの陶酔だと気づいた。

　素描を終えると、彼はいつになく興奮して自分の絵に見入った。東京にある贅沢な暮らしも英恵のことも、もうどうでもよくなっていた。堕落した画家のなけなしの意欲を刺激する素材は月子のほかになかった。美しい肉体を酷使する海女が太陽の下で輝くには収穫の喜びがいる。それは月子の顔と胸を持つ赤銅色《しゃくどういろ》のヴィーナスであった。

　そのたくましくも清らかな姿に、彼は久しく生むことのなかった上質な力感を見ずにいられなかった。カジメを運ぶ裸体は十全だろうか。瞳は月子のものに負けていないか。本物を求める魂が結んだ幻の像にも命が宿るのを確かめながら、彼はその清浄な豊かさを愛した。しばらくして我に返ると、地先の海原は閑々《かんかん》として小舟ひとつ見えなかったが、画紙の上の若い海女は小さな胸を張り、のびのびと労働の浜に生きていた。

参考文献

「御宿ざんげ」尾崎士郎　日本経済新聞　昭和34年8月29日
「小説四十六年」尾崎士郎　講談社
「北風とぬりえ」谷内六郎　天野祐吉作業室
「谷内六郎　昭和の想い出」谷内六郎、谷内達子、橋本治、芸術新潮編集部　新潮社
「没後25年　谷内六郎の軌跡　―その人と仕事―」展図録　財団法人ＮＨＫサービスセンター
「童謡「月の沙漠」と御宿町」齊藤弥四郎　本の泉社

初出

海の縁　「小説新潮」２０１５年11月号
まるで砂糖菓子　「群像」２０１５年10月号
ジョジョは二十九歳　「群像」２０１５年12月号
言葉さえ知っていたら　「読楽」２０１９年３月号
そうね　「小説新潮」２０１６年１月号
おりこうなお馬鹿さん　「読楽」２０１９年５月号
すてきな要素　「読楽」２０１９年６月号
地先　単行本書下し

解説　男と女と、作家の渚

温水ゆかり

燃えるような恋心でも刺すような欲望でもない。かすかに疼《うず》き、たとえ疼きのまま終わったとしても、羽ばたきのように過ぎて、なんの執着ものこさない。いつか記憶を揺らすことはあっても、激しい痛苦をともなうものではないだろう。

そんな恋愛小説を読みたいですか？　私は読みたい。刹那のうちに充足し、その充足が明日の糧になるわけでもないそんな恋愛を、よく知っているように思うからだ。

この『地先』には八篇の短編が収められている。地先とは、文字が指し示す通り地の先であり、そこは同時に海の縁でもあるところ。その連続性を象徴するかのように、本書は「海の縁」という一篇から幕を上げる。

房総半島に移住して五年になる作家の柚木は病院の帰り、久しく海をみていなかったと御宿の海岸に足をのばす。月の沙漠と呼ばれる風紋の美しい白浜や、夏を謳歌《おうか》する水着姿の若い人たちを見晴るかしながら、柚木の胸の渚で泡立つのは、来し方というこれまでだ。

もともと海が好きで、若い頃は太平洋の小島で働いたこと、四十代でそんな経歴が役にたつわけでもない文筆の道に折れたこと、「君の書くものに興味はない」とわざわざ知らせてくれる人もいたこと。

「それから二十年近い歳月が流れて、なんとか書き続けているのもなりゆきなら、炎天下の月の沙漠で物思うのも人生のなりゆきであった」

私は乙川氏のことをほとんど存じあげない。作品以外の言葉が残ることに乙川氏が羞恥の感情を持っておられるのか、インタビュー記事などもほとんど目にしたことがない。にもかかわらず、この柚木には氏の断片がいやおうなく、それも活き活きと埋め込まれていると、直感する。

環太平洋の島々をホテルマンとして渡り、四十代で作家の道に入り、直木賞を受賞して時代小説の新旗手となるも、六十代になる前後で現代小説に転じた乙川氏。酒と本と静けさと、気軽に煙草が吸える自由があれば、自分はそこそこ幸せでいられる人間だ、と柚木がつぶやくのも、（よくは存じあげないのに）乙川氏の自画像のようだ。

しかしそんな柚木にも野心はある。自分に安住せず、自己を変革し、さらに佳いものを書きたいとする熾火《おきび》のような欲望だ。

地層をくだって柚木が思念するのは、大正から昭和にかけて、この地で静養した病弱な青年や、借金から逃れてきた文学青年たちのこと。のちに画家や文士となる彼らには、病や生活苦を乗りこえ、新しいものに挑戦しようという気概や冒険心があった。それらはこの地が育んだものでもあるはずで、人生という旅の後半でこの地に流れ着き、彼らに連なる点でしかないにしても、自分にもまだ冒険心はある、と。

柚木は言う。「自分の生きている時代の本質を書かなければならない」、「書くことは常に冒険」、「新生に挑むのが作家の冒険であるから、それまでの作品世界とはいったん縁を切らなければならない」。

そして晴れやかにこうつぶやく。

「また冒険するときがきたらしい」

作家の決意が、夏の日差しの中で光の粒となって降ってくる。なんと濁りのない、透明な心持ちであることか。清らなものにふれ、思わず涙ぐみそうになる。

現代小説に転じることは、やはり乙川氏にとって冒険だった。これまでにさんざん読む幸福という至福の時間をもらっておきながら、いまさらながらにその転機の起点へと思いが飛んでいく。

・遅咲きの作家の心境吐露であり、生涯作家が文芸の高みをなお目指す信仰告白であり、続く短編にいざなう水先案内人の声のようでもある。

柚木が自分の来し方を「なりゆき」という言葉で回想したことにちなんで、この短編集は『『なりゆき』の小説集である」とまとめたら、なんと味のないことよ、とお叱りをうけるだろうか。

なりゆきで現在地まで流れ着いた人、なりゆきの中で坦々と（あるいは情熱的に）時を重ねてきた恋人たち。彼らが外的事情や内面の衝迫によって、これまでとは違う人生のステージに一歩踏みだすお話である。

たとえば「まるで砂糖菓子」の奈緒子は、過酷な職場となった大手旅行代理店を早期退職し、長野の小村に家を建てて移住する。同僚の頃から付き合っている布施が週末にときどきやってくるが、「そろそろ五十という年齢のせいか互いに結論を急ぐでもなく、なりゆきに任せている」。が、布施に広島への転勤の命がくだる。いやおうなく訪れた転機で、女と男の情感がすれ違う。

「そうね」の女と男は、まだ恋人同士ともいえない関係かもしれない。昭和の職人である父の世話と、脳梗塞で倒れた母が入る病院通いと、バーでの夜のアルバイトに明け暮れる琴未は、高校時代の交際相手である来島とバーカウンターをはさんで再会する。彼は仕事と独身生活を愛する文芸編集者になっていた。かつて好き合った男と女のなりゆきで来島と交るようになるが、その時間は琴未にとって、暗い海中から一瞬顔を上げるような息継ぎの慰めとなる。ほの昏《ぐら》い喜びだ。

「おりこうなお馬鹿さん」はこう。朗読もよくする局勤務のアナウンサー香苗は、大学の演劇部の先輩で、別名で劇作家になっていた松本と仕事で再会する。演劇や文学に接することが日常動作になっているふたりは、感想や意見を語り合えるという近しさから、観劇や食事、ホテルでの逢瀬を重ねるようになる。文中にこうある。それは「三十代の男と女のなりゆきでもあった」と。

なりゆきが、突然なりゆかなくなるのは「すてきな要素」だ。設計事務所に勤務する設計士の友美は、社長であり恋人である三上と南洋の小島にきている。三上は妻子と別居して四年近いが、友美と三上の関係はもう少し長い。しかし友美はそのことを深く考えたことがない。自由と向上を好み、いまが愉しければいいと、なりゆきの中に歳月をとかしてきた。

『地先』に登場するこんな女性たちは、私にあの女友だちやこの女友だちを思い出させる。「結婚する以外、もう新しくできることが何もなくて」と浮かれ心なしに結婚の鐘を鳴らした同級生、「知ってたと思うけど——（めっそうもない。全然存じ上げませんでした）——上司の彼と私はずっと不倫してたの。でもやっと分かった。彼と別れられなかったのは、愛ではなく、私自身の淋しさからだったって」と言って、妻子ある上司と別れたキャリア女性、義母に命のスープを届ける日々を重ね、看取ったあとに長年別居していた夫とようやく離婚できた物書きの女性。

諦念に近い受容、自己の分析、犠牲と奉仕。なりゆきにも人の営みとしての尊さがあると私は彼女たちをあおぐ。が、コップの水が溢《あふ》れ出すように、時が満ちて跳ばなければならない日はいずれくる。

「すてきな要素」の友美は悲劇的な飛行機事故で三上を喪い、自身も長期の治療と療養のため外房の実家に戻る。病院の送り迎えをしてくれる無愛想な地元の男が、「神経がいかれているなら本でも読んだらどうか」とか、自宅を改造して小出版社をやりたいと思っていると打ち明けたあたりから、友美の男に対する印象は変わる。リフォームのための図面を引くのは、心沸き立つ作業だった。友美は内省する。

「三上と分かち合った歳月の喜びに嘘はなく、あれはあれで未熟な日々の実りであろうと思った。ただ、これからも愉しい方を選んで生きてゆくなら相応の信念と分別がなければならず、浅いところで充たされていてはつまらないとも思った」

柚木が「また冒険するときがきたらしい」と独語したシーンに友美を立たせれば、彼女は「根を下ろすことを考えるときがきたらしい」と再生に向かう明るい心境を語るにちがいない。

「海の縁」で幕を開けた本書は先に挙げた四篇に、フィリピン人ジョジョの儚《はかな》い運命を刻む「ジョジョは二十九歳」、平凡な主婦が元恋人の画家の落魄《らくはく》ぶりに言葉をなくす「言葉さえ知っていたら」と、現在地に立ち尽くす人の二篇を加えた六篇のプリズムを放って、表題作「地先」で締めくくる。

パトロンの金持ちの女と重ねてきた退廃や虚飾と決別し、のこりの人生をかけて再起することを自分に誓う画家の沢井。御宿の地が持つ素朴なおおらかさと、地元に縛り付けられて一生ここで労働することになるだろう地元の娘のけなげさにインスピレーションを得て、沢井は息を吹き返す。

作家篇の「海の縁」、画家篇の「地先」。両作がブックエンドのように端にたつ中、市井の人々の哀歓がやさしく流れる。けちくさい意地悪をする人はいても、功利的な人も無慈悲な人もいないことに、自分のノミの魂にも安息の場があるかもしれないと、かすかな希望がわく。

再度柚木の言葉を引きます。「自分の生きている時代の本質を書かなければならない」との志に私は深く感応するが、本質とはどんなものなのだろう。それはリアルということではないだろうか。間違ったものの中にもリアルはあり、荒廃したものの中にもリアルはある。美しいものの中にはなおさら。

私は椰子《やし》の木が空に伸び、都会からボードをかついだサーファーたちがやって来る田舎で、一年の三分の二ほどを過ごしている。御宿ほど風光明媚《めいび》ではないものの、仕事の始末はメールがやってくれるし、のんびりしていてのどかでもある。

しかしこの地にもまもなく最新鋭のF35B戦闘機が配備されようとしている。ここでは、基地問題は軍備ではなく騒音問題として捉えられていて、F35Bもおそらくその騒音問題の箱に収納されることだろう。

この『地先』に先立つ一年前、乙川氏は『ある日 失わずにすむもの』という短編集を発表した。戦争という大きな物語に巻き込まれる前の小さな日常を、ボストン、バンクーバー、バルセロナ近郊の小村、マニラのスラム、パラオと、地球を横断するように点描したものだ。

サーファーたちがいい波を待つ浜辺で、私は空にむかってでんぐりがえったハナコ(犬)の腹を撫でながら、馬毛島《まげしま》や嘉手納《かでな》辺りに向かうF35Bを目にすることになるだろう。これは本当にすぐそこにある未来《リアル》。

恋愛も幸福も安全も、ささやかなもののバランスで成り立っているものは壊れやすい。〝人は生まれたときから余命を生きている〟という言説にならえば、恋愛も幸福も安全も、崩壊前のモラトリアムなのかもしれない。崩壊の前に死に追いつかれるというのは、さらにありそうなリアルだ。

悲観的な見方だろうか？ いいえ、これは歳月という濾過器《ろかき》からの贈り物だと思う。時を重ねてきた者にとって有り難いのは、真実《リアル》と感知できるものの数が、若いときほど多くないことだ。「ジョジョは二十九歳」でメルディがビーに「よかったら読んでみない」と言って手渡す本（『怒りの葡萄』）がそうであるように、一冊の本に古びない人生の真実や悲哀が凝縮されていることもある。私なら、本書はもとより、御宿というリアルの地にある情感や情景がクラスターになってゆく乙川氏の本を手渡すだろう。

現代小説というジャンルを得て、乙川氏は時代を観察し、その本質を捉えようとしている（ご本人が語ると「あがいている」という答えが返ってきそうな気もする）。時代は荒々しく刺々しく個人を砂粒化させている。それらに抗う精神を美しい文章で書くという文芸。年金がもらえるようになるまで、近所のケーキ屋さんで毎日四時間、時給七百五十円で働くというリアル（「まるで砂糖菓子」）、寝室がひとつしかない雑居ビルの二階で一家八人が折り重なって寝るという異郷のリアル（「ジョジョは二十九歳」）、毎回贅沢なデートをしているにもかかわらず、男の電話番号しか知らず、家を訪ねたこともなく、普段着の格好も知らないというリアル（「おりこうなお馬鹿さん」）。

美しい文章の中に乙川氏がこっそり隠したリアルを、読み逃してはならない。

二〇二二年十一月

この作品は2019年8月徳間書店より刊行されました。
なお、本作品はフィクションであり実在の個人・団体などとは一切関係がありません。

徳間文庫

地《ち》先《さき》

2022年12月15日 初刷

著者 乙《おと》川《かわ》優《ゆう》三《ざぶ》郎《ろう》

発行者 小宮英行

発行所 株式会社徳間書店

東京都品川区上大崎三―一―一 〒141―8202
目黒セントラルスクエア

電話 編集〇三(五四〇三)四三四九
販売〇四九(二九三)五五二一

振替 〇〇一四〇―〇―四四三九二

印刷
製本 大日本印刷株式会社

ISBN978-4-19-894810-8 (乱丁、落丁本はお取りかえいたします)